Quinta Belleza
LA EMBOSCADA

Quinta Belleza

La emboscada

Maira **Duque**

QUINTA BELLEZA.
LA EMBOSCADA
Autora: MAIRA DUQUE

Reservados todos los derechos
© Maira Duque
1.ª edición, marzo 2021
Depósito legal ME2021000027
ISBN 978-980-18-1713-0

Corrector de estilo: Belkis Bosetti
Ilustración de portada: Omar Cerrada
Diseño editorial: Reinaldo Sánchez Guillén

Lo soñé y lo hice realidad

*Gracias a todas las personas
que me impulsaron en este camino*

Contenido

———

I

Cosas de la U

Viernes 07:00 a.m., es la última clase del seminario de Control Social, el ambiente está circundado de papeles atorrantes de propaganda política de quienes aspiran ser el próximo Presidente del país de lo posible; por ser tan temprano, el único ruido que se escucha son los pasos apresurados de estudiantes, profesores y personal de la Universidad procurando incorporarse a sus tareas, ¡todos a correr! en cualquier momento el bullicio electoral se apoderará de la relativa tranquilidad matutina.

Hoy, la clase será en el aula D-604 del sexto piso en la torre D, una de las más grandes y sofisticadas del claustro universitario, por lo que suele ocuparse para ocasiones especiales: clases magistrales, invitados extranjeros o congresos académicos importantes. La clase magistral será con uno de los Profesores más respetados de la Facultad de Ciencias Jurídicas y Políticas, el Profesor Manuel Cesares, Doctor en Ciencias Políticas, Profesor Invitado en la Maestría de Asuntos Latinoamericanos de la Kukenan University, destacado educador y consultor político de varios Presidentes Latinoamericanos.

Elegante como siempre y ataviado con su particular corbatín, escribe en el tablero El Edén, vuelve su atención hacia el estudiante más desconectado de la clase y le pregunta:

—Peter ¿Qué es el Edén?

Peter con firme y clara voz responde:

—Profesor, es el prostíbulo del Mirador.

Las risas rompen el hielo del auditorio hasta que Cesares concluye:

—Niño Peter, parece que sus lecturas no son precisamente santas.

Con este toque de humor el Profesor Cesares inicia su clase sobre *El adoctrinamiento bajo mecanismos de control social informal*; toma aire para proyectar el discurso de cierre del semestre, camina sobre la tarima con la naturalidad que le caracteriza, y comienza diciendo:

—A pocos días de celebrarse una elección presidencial, se hace preciso reflexionar sobre la dirección que tomará el comportamiento ciudadano de darse la fractura en la continuidad bipartidista del gobierno. Sobre este particular, esbozaré la importancia del control social para manejar la voluntad colectiva, para luego analizar posibles escenarios de ciudadanía ante un inminente cambio de dirección política del Estado. Aún en el Edén —paraíso terrenal, morada del primer hombre y la primera mujer antes de su desobediencia a Dios— podemos evidenciar pautas de conducta para mantener un orden sobre lo creado; Dios le permite a su primer hombre y su primera mujer disfrutar de su magnífica obra, pero les ordena no tomar el fruto del árbol prohibido. El simbolismo que proyecta esta narración contiene un mensaje claro: tenemos un Ser Supremo que rige sobre todo lo creado, es decir, la autoridad que emite un mandato que sobrelleva una forma de proceder para asegurar un orden, porque de no ser acatado, provocaría un desequilibrio, sin contar desde luego, que desataría la furia del Creador. Lo que sucedió en ese paraje bíblico —prosigue— es historia, no obstante, como ejemplo, desde el principio de los tiempos ha asomado la tensión entre el ser, el deber ser y el equilibrio social. Todo esto puede implicar largas discusiones, entre otras, sobre la naturaleza del ser humano, el alcance de su libertad, el hombre en sociedad, la institución del poder de Dios en la Tierra, sobre quién estaría llamado a ejercer la autoridad de Dios en la Tierra y cuál orden social seguir. Desde luego, mi propósito no es resolver —de momento— estas inquietudes, pero sí, demostrar que el accionar del ser humano es el eje central para construir sociedad. Ahora les pregunto: ¿por qué un latino en EE.UU. o Inglaterra se adapta sin dificultad a las normas de seguridad vial, mientras en sus propios países las desconocen?

Sofía pide la palabra para afirmar:

—La razón está en que nadie nos vigila.

—Porque la autoridad es flexible, siempre hay opción de zafarse de una multa —añade Andrés.

Por su parte, José Enrique estima que no estamos educados para respetar la norma, y que parte de ello, es la ausencia de señalización adecuada en las vías de circulación.

Desde atrás, Lorena sentencia:

—Si la autoridad no da ejemplo ¿qué se puede pedir al ciudadano? ¡Ellos son los primeros en violentar las normas!

El Profesor retoma el discurso, no sin antes advertir:

—Según su percepción, la conclusión llevaría a que la culpa es del chivo ¡válgame Dios! Por favor, fíjense en algo, mi comportamiento, sumado al del otro, al de acá o el de más allá, más la calidad de la instrucción, la probabilidad de recibir castigo y el reproche social, entre otros, conforman un sistema de valores que rigen nuestra vida en sociedad. Por ejemplo, cuando recuerdo el peso de la chancleta de mamá o la firma del libro negro de la Escuela, llevo en mi conciencia el valor del respeto a la autoridad de mamá o la del Director de la Escuela, llevo en mi conciencia el peso del reproche por mi comportamiento inadecuado y, llevo en mi conciencia el valor de la responsabilidad con el compromiso de enderezar mi proceder. Además, en la soledad del castigo entendí que los cómplices no podían librarme de la vergüenza y mucho menos enfrentar por mí el daño o la molestia que causé a mi madre; he aquí la esencia del control social informal, el poder de mover la conciencia de cada ser humano hacia un modo de actuar. El temor a Dios, el temor al padre, a la madre o el temor a ser excluido, funcionan para engranar la estructura de una sociedad. Puede ser que cada una de esas instituciones, llámese familia, escuela, iglesia, partidos políticos o medios confluyan en una misma dirección ¡esto sería lo ideal! pero, puede que no, que no estén acoplados y coexistan pacíficamente, o puede que no estén acoplados y entren en conflicto. En estos tiempos, resulta difícil imaginar una sociedad al unísono: vemos multiplicarse iglesias y templos, también somos testigos de la re-interpretación de la familia clásica, aquella formada por padre, madre e hijo o hijos, estamos presenciando la legalización de matrimonios igualitarios y la adopción de niños por parte de parejas homosexuales; del mismo modo que notamos el distanciamiento de algunos Estados, de determinada tendencia religiosa, o el surgimiento de muchos partidos políticos vacíos ideológicamente, u observamos medios de comunicación que difunden antivalores. ¿Qué impide los conflictos en tan variadas formas de pensar y actuar en la sociedad? Pues, para quienes somos creyentes, le damos crédito al Ser Supremo, al Creador o a Dios, quien de manera misteriosa mueve sus hilos para promover la tolerancia y el respeto en medio de la diferencia, sin embargo, esto no es suficiente, por ende, debemos reconocer la importancia del Estado en el manejo adecuado de los asuntos sociales. Recuerden el Contrato Social de Rousseau, la cesión de parte de mis libertades para poder vivir tranquilamente en sociedad, en el entendido de que la autoridad para controlar y manejar la sociedad reposa en el Estado; en este caso, el Estado debe evitar los conflictos orientando el comportamiento social hacia el respeto mutuo, aun en la diferencia ideológica, social o económica. Subrayo —continúa diciendo— aunque el deber ser no siempre se corresponde con el ser, insisto en que el Estado juega un papel determinante en el alcance de una sociedad equilibradamente avanzada. Claro que el Estado lo manejan personas, seres dotados de un paquete de valores o anti-valores y conocimientos moldeados por diferentes operadores de la conciencia familiar, escolar o social, cuyo contenido no necesariamente coincide con el ideal de una sociedad equilibradamente avanzada, es decir, aquella que estabiliza la relación entre el hombre, medio ambiente, bienestar general y progreso. Sospecho que la historia de esta sociedad está por escribir dramáticas líneas de choques ideológicos; esto nos consumirá mucho tiempo, tiempo valioso para re-direccionar el manejo de los asuntos públicos. De momento, —prosigue— somos presa de buitres políticos que desean ascender a la silla presidencial ¿a qué me refiero? a la táctica de mover la conciencia política con mensajes fríamente calculados, porque cada mensaje trae una dosis de doctrina que persigue arrear las voluntades de una generación desilusionada con la temporada de las vacas gordas. De hecho, esta época muestra a unos seres fastidiados de la buena vida, a otros seres agobiados de no hacer nada y a otros cansados de la mala vida ¡cuánta inconformidad! Así las cosas, los medios de comunicación tienen su nicho de negocios en «la inconformidad», este elemento de base, sirve para lo que corre por estas calles como campaña presidencial de dos bandos, un bando ocupado por la vieja política en manos de un operador versado y, otro, de la nueva política en manos de un ex militar que se vende como el salvador. En cualquiera de los aspirantes, el mensaje apela a las emociones, aquí, como bien pueden apreciar, es poco relevante lo que objetivamente hablando nos conviene como país, aquí la imagen del candidato no se define por su trayectoria profesional o personal, ni por sus capacidades para liderar el manejo del conjunto de problemas que subyacen. En consecuencia, —continúa— para moldear la conciencia colectiva, los medios oportunamente han desempolvado la imagen de un supuesto salvador, guardada seis años atrás en los archivos de la memoria bajo el nombre de «por ahora», la han maquillado y la están presentando como una buena opción en épocas de crisis, al tiempo, que a su contendor lo tratan de vender como un gerente político eficiente, en un intento por suavizar su élite de origen. Como es común —añade— cada uno ataca a su adversario con visiones opuestas del deber ser de la sociedad en el país de lo posible, pero por primera vez, en esta temporada de las vacas gordas, intuyo que el discurso de la división de clases dará ciertos frutos. Ahora bien, visto el escenario electoral les propongo para el análisis las siguientes hipótesis: primero, si se da una ruptura del continuismo bipartidista, la opción ganadora tratará de anular todo cuanto huela a ese continuismo, de manera que, sobre sus cenizas intentará construir un nuevo paradigma de la sociedad y, como es lógico, la resistencia que levantará dará lugar a enfrentamientos serios que perturbarán la paz del país. Segundo, si se da continuidad al bipartidismo, la opción que lo representa gobernará con una sociedad dividida, unos partidos amañados y debilitados, en medio de una presión de cambios que colocarán al país al borde de la inestabilidad. Para concluir, retomo parte de lo expresado por José Enrique, tenemos un problema de educación ciudadana, este problema nos hace blanco fácil de los delirios personalistas de ciertos seres. Lamentablemente, creemos jugar nuestro juego cuando en realidad jugamos el juego de otros. Espero que algún día, la racionalidad se imponga sobre la emocionalidad y comencemos a escribir con entusiasmo la nueva temporada de crecimiento del país de las mises. Muchas gracias por su atención.

Con aplausos se despide esta clase magistral. Algunos asistentes se aproximan al Profesor Cesares mientras la mayoría abandona el auditorio. En los pasillos, otro grupo de estudiantes se concentra para organizar una nota de protesta contra el Profesor Florencio Almora, encargado de la cátedra de Economía Política, cuya clase comenzará —si es que llega— a las 10:00 a.m., aún falta una hora, hay tiempo para merodear un rato por el cafetín o la Bodega.

En este espacio disponible, Peter aborda en las escaleras a Mario Montero, también conocido como El Gaucho, el estudiante menos joven, pero el más destacado, de padres argentinos y peronista de corazón; además, es el Editor del diario estudiantil *Notas Altas*.

Peter invita a Mario a un paseo por la Bodega, considera que una birra no les vendrá mal, pero Mario lo sermonea:

—Estás loco, es viernes, pero muy temprano.

Peter con su particular gracia le revira:

—¿Acaso la botella dice ingiérase después de las 6:00 p.m.? Hermano, te estas volviendo viejo desde chiquito.

Con un poco de ruego, Mario accede a acompañarlo una media hora. La Bodega no es un lugar exótico, es una casa vieja con asientos improvisados de cajas de cerveza o taburetes de tabla. En ella venden todo lo que un estudiante puede necesitar para relajarse: cigarrillos, cerveza, chucherías y chicles. Este local siempre tiene clientes desde temprano, los viernes con más razón. Allí se reúnen con sus otros compañeros Ana, Patricia, José Enrique y Andrés.

Entre el bullicio, Patricia intenta hacerse escuchar, le adelanta a Mario que se perdió una buena clase, aunque no es la misma percepción de Andrés, quien cree que estuvo llena de simbolismos; sin embargo, para José Enrique, lo llamativo fue la glamorosa entrada de Peter:

—A nuestro amigo el subconsciente lo traicionó para transportarlo al pecaminoso lugar de El Edén, imagínate que su puesta en escena con el

Profesor Cesares fue el equivalente a cucaracha en baile de gallina. Claro que, al parecer de Ana, esto fue algo premeditado del Profesor, la idea era que le respondieran algo así para romper el hielo y captar la atención del auditorio, y quién mejor que el Gocho para facilitar la broma.

Entre lamentos, Mario les cuenta:

—Estoy muy ocupado con tantos eventos en el ambiente, debemos presentar un recuento de las noticias más importantes del año, un balance de la gestión de las autoridades rectorales y los típicos mensajes de navidad en la sección *out classroom*, pero admito que me hubiera gustado asistir a esta última clase con Cesares, tanto como disfrutar las ocurrencias de Peter.

De todos modos, para ilustrar al ausente, Peter confiesa:

—Chamo la verdad estaba distraído, luego no encontré dónde meter la cabeza, me encendí como un fosforo y el calor me quemó la lengua.

A sus compañeros les causó risa el comentario, porque se dieron cuenta de la pena que le dio.

A todos les gusta la Bodega, este es un sitio especial donde se ventilan los chismes de la U, es como la esquina de los cuatro vientos, un buen lugar para captar noticias; el ambiente se presta para aflorar los sentimientos y la lengua, allí se sabe en tiempo real cuál o cuáles son las parejas del momento, las que terminaron, los que se pelearon, los infieles, los o las estudiantes que salen con profesores, los trucos para pasar, en fin, todo cuanto compete a la vida universitaria. En esta oportunidad, Mario aprovecha para mostrarles el ejemplar del día *Notas Altas*, en él aparecen públicas varias denuncias contra la vaca sagrada del Rector, y les confiesa:

—A partir de hoy, el periódico y todo cuanto huela a mí será objeto de investigación, debemos estar preparados. ¡Seguro tomarán represalias!

Por supuesto que la noticia no sorprende a muchos, lo indignante —según Ana— es que algo tan evidente no haya sido considerado por las autoridades universitarias para defender el prestigio de la Universidad, pero aquí habrá que ver a la víctima como victimario ¿Qué tal? ¡Los pájaros disparando a las escopetas!

—Está claro que el Rector no quiere que nada afecte a su amigo Almora, por eso, la tarea no debe quedar en simple denuncia periodística, el reto es prepararse para la guerra sucia que montarán en contra de los estudiantes.

Según Mario, el agua sucia comenzará a correr a las diez, en su hora de clase.

Al llegar al salón, notan que Almora ya está dentro, algo inusual dada su trayectoria de impuntualidad. Una vez ubicados, ordena sacar una hoja para una evaluación corta. La reacción es adversa: nadie está preparado, sobre todo, porque no han visto mucha materia y la guía que prometió nunca la entregó.

En medio de la confusión Mario protesta:

—Esta evaluación no está programada, no debemos aceptarla.

El Profesor reacciona alegando:

—Todo bachiller debe estar preparado para la evaluación continua, así lo dice el reglamento de estudios, el que no esté de acuerdo se puede retirar.

Pero, Mario le dice:

—El reglamento instituye la obligatoria planificación de las actividades evaluadas, con todo respeto, usted no debe aplicar esta evaluación.

Entonces, Almora insiste:

—Bachiller si usted cree tener la razón, proceda a exponer la queja donde mejor le parezca.

Mario le insinúa lo injusto de la medida y las acciones que ejercerá en contra de esta arbitrariedad, sin embargo, Almora no se deja intimidar y lo expulsa de la clase.

La mitad del salón se retira, la otra mitad se queda para evitar represalias mayores. Con o sin razón, la actitud del Profesor no es acorde a su investidura, tampoco es la primera vez que se da un impase entre estudiantes y docentes. Lo repudiable de este asunto, es que el personaje no cumple con los horarios, ni con la planificación de la cátedra, se irrita fácilmente cuando se le exige cumplimiento y, su criterio de evaluación es subjetivo. Ante estos desmanes, los centros de estudiantes constituyen una alternativa de defensa; no obstante, dadas las filiaciones de los consejeros estudiantiles con los partidos políticos, en este momento no están disponibles para causas ajenas al cierre de campaña.

Por lo pronto, este tema quedará en suspenso, habrá un lapso de ocho días de cese de actividades porque los espacios universitarios estarán ocupados como centros de votación, y a juzgar por la costumbre, prácticamente desde este día, comienzan las vacaciones, y al menos los estudiantes del interior no regresarán hasta después del día de reyes.

En ese momento, los trabajadores del diario estudiantil están haciendo inventario para el cierre del año. Al aproximarse a la oficina del diario, Mario visualiza en la entrada a un señor mayor extrañamente ataviado con boina negra, vaqueros y chaleco negro, quien rápidamente lo aborda y le dice:

—Soy Joselo Rancell, de pronto no has oído de mí, soy Profesor de periodismo político en la Facultad de Humanidades, del otro lado del claustro. Sigo con detenimiento la producción de este diario y quiero conversar de ello, si me lo permite. Mario asiente y lo hace pasar a la pequeña oficina que se encuentra un poco desordenada con las labores de inventario.

Una vez quedan solos, el profesor Rancell le confiesa que su interés versa en las conexiones que Mario tuvo o tiene con la izquierda revolucionaria de América Latina, que lleva meses haciéndole seguimiento a su trayectoria como comunicador y a su labor como relacionista de las fuerzas revolucionarias en El Salvador durante la década de los ochenta.

Esto deja atónito a Mario y se pregunta:

—«¿Quién será realmente la persona que me habla? ¿Por qué le interesa mi pasado revolucionario? ¿Será alguna trampa? ¿Será un mensajero de los antiguos compañeros de lucha?».

En fin, las preguntas se le hacen infinitas, pero como no está dispuesto a extender la agonía, le pide al misterioso periodista concretar lo que desea, pero este se limita a tranquilizarlo e invitarlo a una reunión con un grupo de amigos simpatizantes con la idea de cambio en la dirección política del país, en la que las ideas revolucionarias serán tema de discusión y a criterio suyo ¿quién mejor que él para orientar esas discusiones? La reunión será el día siguiente, sábado, a las 9:00 a.m., en el Hotel Concordia.

El Hotel Concordia se encuentra muy cerca del Palacio Presidencial, es un hotel muy próximo a la estación de metro Tres Caminos. En el lobby está Rancell esperándolo con varios personajes conocidos de la vida política y económica del país, entre ellos, el director del diario nacional

Último Reporte, Amalio Fermín; también se encuentra el dueño de la empresa Seguros Americana y accionista del Banco Unión Capital, Loreto Angulo; del mismo modo, se observa al fondo de la sala a varios dirigentes del partido naranja como Isacc Sánchez, Iván Correas, Juan Balzat y, Jorge Michel, este último, bien conocido por sus conexiones con factores de poder, le contratan frecuentemente para resolver problemas con esos factores. También se encuentra el ex guerrillero Santos Moreno, los abogados Florinda Toro, Marcelo Moré y Carlos Carrá; los ex golpistas Antonio Asttorgano, Gustavo Chaparros, Leonel Aranda, Fernando Chalón, Lionel Valverde y Roso Lara.

A las diez de la mañana, se inicia la reunión en la que no hay más de treinta personas, un círculo cerrado, predominantemente simpatizantes de la izquierda. Luego de varios discursos inspirados en la necesidad de cambio, se fragmenta el encuentro en varios pequeños grupos, ubicándose a Mario Montero en el grupo de los universitarios donde se encuentra Rancell y otros profesores de la Universidad Nacional. En esta ocasión, se discuten algunas líneas claves para la próxima gestión educativa y se asoman los nombres de quienes podrían ocupar el cargo de Ministro de Educación y Ministro del Deporte. Está claro que a esa hora y en ese lugar se está cocinando la lista de un tren ejecutivo a «sugerir», para el próximo Presidente de la República.

Antes de retirarse, Rancell le adelanta a Mario que lo seguirá llamando a reuniones para tratar otros temas más complejos, le sugiere sostener la línea editorial dura contra el Rector y su equipo, a lo que Mario le aclara:

—No es una cuestión de ensañamiento, nuestras autoridades dan muestra de un alejamiento de los principios democráticos que obligan recordárselo con cierta frecuencia, el detalle es que este empeño puede costarme la carrera.

Rancell le asegura que nada extraordinario le va a pasar por hacer ese trabajo; de paso, le cuenta que tiene información de fuentes confiables acerca de significativos hechos irregulares en la gestión del Rector, además de otros hechos oscuros relacionados con su doble vida, datos que pone a su disposición, si las cosas llegaran a complicarse. Sin duda alguna,

Rancell proyecta la figura de un investigador o policía de vieja guardia que se dedica a escudriñar por los rincones la mugre de varios personajes.

A la salida, a Mario lo espera el señor Rubén, su taxista de confianza, quien lo saca del tumultuoso centro hacia el norte de la ciudad. Este conductor, como varios de su especie, avanza sin escrúpulos por entre las líneas de demarcación de las avenidas, espanta a los peatones, pavonea con las muchachas bonitas y, ofrece el reporte de las preferencias electorales tomado de un rudimentario sondeo de opinión a sus clientes. Los taxistas, tanto como barberos y peluqueras, consiguen comunicarse más fácilmente con la comunidad, hasta convertirse en una sutil especie de banco de datos, donde se depositan desde los chismes más baratos, hasta determinadas criptografías.

Además, este taxista no es cualquiera, es el papá de Peter, también conocido como el Gocho, vive en Güira parroquia del litoral central; es alto de tez morena, andino de nacimiento, devoto del Patrón de su pueblo ¡El Santo Cristo de los Milagros! divinidad que lo acompaña en sus viajes y bendice a sus pasajeros. Dentro del gremio, es muy apreciado por ser solidario, honesto y trabajador incansable. Peter su hijo, no es tan aplicado como él quisiera, pero lleva en esencia los mismos valores del padre. Estos personajes claramente contrastan con algunos araqueños, engreídos, ultra...ego [...istas]. Los gochos se conectan con los capitalinos más o menos del mismo modo que los bonaerenses con los gauchos, los paisas con los pastusos, o los madrileños con los gallegos.

Rubén como buen padre de familia, está muy vigilante de los pasos de sus hijos, procura integrarse en el círculo de sus amistades, pues tantos kilómetros recorridos en la Capital le merecen desconfiar y andarse con mucho cuidado. Ciertamente, reconoce en la metrópoli su potencial de oportunidades para surgir económicamente, por esta razón emigró de los Andes con su esposa e hijos. Su esposa, de oficio costurera, no es tan extrovertida como él, pero es sobre protectora, inspecciona cada centímetro de la ropa de sus hijos para detectar algo fuera de lo normal como objetos, papeles, manchas, olores o defectos, con ese olfato súper desarrollado detecta rápidamente las novedades o los peligros que acechan a su familia. Estas, entre otras particularidades, dan a las familias andinas un carácter distintivo.

En la proximidad de su parada, Rubén le recuerda del almuerzo del día siguiente con los demás compañeros de Peter, Mario se despide asegurando su asistencia. Al mismo tiempo, en otro lugar, Ana se prepara para una cita en el Café Roma del Boulevard de La Sabana, donde se encontrará con Jesús, el ejecutivo de negocios de Seguros Americana; se conocieron dos meses atrás y desde entonces, han estado conversando por mensajería de texto. En opinión de sus amigos, Ana tiene averiada la brújula del amor, no se le da muy bien mantener relaciones estables; ella algunas veces peca de perfeccionista al extremo y otras, de ilusionista al extremo.

Es una joven trigueña, muy atractiva y de mediana estatura, obsesionada con la puntualidad. A diez minutos para las cuatro ya está en el café, si su compañero osara arribar diez minutos más tarde de lo acordado se desencajaría. A las cuatro y cinco, Jesús la aborda con mucha efusividad, pero Ana no se muestra igualmente emocionada. Jesús la detalla con admiración, toma un lugar en la mesa e intenta sacar del pasmo a su compañera con las preguntas y frases habituales:

—¿Cómo estás? qué de tiempos, estás muy linda.

Ana —casi muda— apenas responde:

—Estamos bien y, ¿tú cómo estás? ¿cómo está tú mamá?

Jesús, que sufre de incontinencia verbal, habla y habla de cada detalle de la vida de su mamá, de sus enfermedades, de la nueva casa adonde la llevó a vivir, de su nuevo trabajo, de los amigos en común, en fin, de las cosas que se cuentan normalmente después de tres años sin verse.

Jesús pide café y postre para ambos, Ana visiblemente incómoda aprovecha para enviar un mensaje de texto; han pasado cuarenta minutos y su pretendido Jesús no aparece en escena, entonces anuncia a su amigo que espera a alguien más y que en cualquier momento lo dejará. Jesús queda confundido, le llega una notificación de mensaje nuevo y lo lee en voz alta:

—Ya estoy en el café ¿vendrás? Ana.

Ana tampoco entiende la situación, intenta explicar que tal vez cometió un error y envió un mensaje a otro Jesús:

—Un momento, no sé qué pasa, ¿será que durante todo este tiempo, estuve hablando con el Jesús que no es mi Jesús? ¡Qué vergüenza!, mi intención no era molestarte, se cruzaron los números o los confundí, pero tú no eres el Jesús que estoy esperando.

Jesús desconcertado le dice:

—Me has estado escribiendo desde hace semanas, me invitaste a este café, ahora me dices que no soy el que esperas, ¡esto sí que es un desplante!

Ana no sabe si reír o llorar, ni cómo zafarse de tan embarazoso error, este Jesús no es en lo más mínimo su prototipo de hombre, este es unos 15 años mayor que ella, dependiente de la mamá y casado. En un intento desesperado por aclarar ese paquete, Ana insiste:

—Pero, yo no te escribía a ti, le escribía a Jesús el ejecutivo de negocios, sentí que dialogaba con él, por qué me respondiste siendo que estás casado, no deberías estar aquí pretendiendo una relación furtiva, yo no quiero relaciones de ese tipo.

A lo que Jesús responde:

—No te preocupes, no es necesario hacer un escándalo de esto, seguí tus mensajes porque te conozco desde hace tiempo, al principio me pareció raro, pero no quise ser descortés ni tampoco perder la oportunidad de verte, nunca pensé que todo obedecía a un cruce infortunado de números telefónicos o que me confundieras con mi subalterno, ese muchacho no es de fiar, también está comprometido por si no lo sabias...

Tal declaración fue fulminante. El encuentro un desastre. Jesús paga la cuenta y, aunque está molesto, cortésmente ofrece llevarla hasta su casa, no es capaz de dejarla abandonada, la Capital a cualquier hora es peligrosa para una mujer sola.

—Te dejo y borramos esta historia —sentenció.

Ana acepta con cierta desconfianza. Antes de ese día, la imagen que tenía de él era la de un hombre íntegro, ahora lo ve diferente. Ya en casa, Ana se desvanece en el sofá como si hubiera corrido un maratón, el hermano la molesta diciéndole:

—¡Qué tal! ¿Qué tal el nuevo idiota?, por aquí estoy cuadrando con los panas para dar una vuelta, si te animas, puedes venir.

Ana lo mira con desaliento y le dice:

—Hermano, no estoy de humor ¿cómo sabes que es un idiota?

Luego de una sonrisa sarcástica, el hermano responde:

—Hermanita pertenezco al mismo género, te digo que muchos latinos tenemos el chip contaminado con un virus de idiotez. Relájate, mañana será domingo.

Ciertamente, los domingos tienen el dulce aroma del descanso reparador. En la Capital, un buen plan dominguero es ir al parque, centros comerciales o la playa. Hoy será a la playa. El paseo incluye una visita a la casa de los padres de Peter, quienes viven cerca del mar, su casa es muy acogedora, siempre es casa de abrigo para los amigos de sus hijos. A estas alturas, estos encuentros son imperdibles, pues representan celebraciones anticipadas de grado, pero también despedidas anticipadas, considerando que están en el último semestre de la carrera.

Muy temprano, frente a la brisa del mar, los muchachos ubican su espacio para la tienda playera, esta tienda cuenta con suministros etílicos, aperitivos, música, sillas, mesa y sombrilla. El sano disfrute de este paisaje natural es hasta la una del mediodía, después de esa hora el sol quema, la muchedumbre molesta, y el almuerzo llama desde la cocina de la señora Consuelo. Es día para las cosas banales, Rubén derrocha nostalgia por su gente, por el clima y la calma de las montañas andinas, sueña con volver a sus tierras, vender el taxi, establecer su propia granja una vez que Peter sea Politólogo y su hermana Mariela sea Técnico en Comercio Exterior.

A los demás, contagiados por el sentimiento de Rubén, les da por soñar en voz alta, Ana dice:

—En lo inmediato no pienso regresar al Llano, me quedo aquí, quiero dar clase en la Universidad.

En la misma onda está Patricia quien no desea regresar a su pueblo natal, y menos con un matrimonio en puertas con Ricardo, trabajará con él en la constructora de sus padres. Andrés, por su parte, aspira seguir la carrera de estudios internacionales e ingresar a la cancillería. A José Enrique le parece incomodo tener que aliarse a politiqueros para conseguir un cargo en cancillería o en cualquier institución pública, para él lo mejor será crear una empresa de asesoría o encuestas de opinión, tomando en cuenta que en el país, generalmente, se emplean encuestadoras extranjeras para medir tendencias electorales, preferencias de consumo o grados de aceptación de algún producto.

Lejos de los ideales de sus compañeros, Peter sueña con ser parte de la escuadra de futbol nacional, en un momento en el que el fútbol no es la mejor forma de obtener ingresos decentes en el país, porque sin duda, da más apostar al béisbol o a las carreras de caballos; sin embargo, andino que se respete ama el fútbol. Desde niño Peter ha jugado en equipos de segunda, tal vez regrese a Chira para tratar de ingresar en el equipo profesional de ese estado y de allí brincar al equipo nacional, sueña con la gloria de los equipos de futbol de Brasil y Argentina, cree que algún día saboreará esas victorias, por lo que le dice a Mario:

—Tu país es sin duda potencia futbolística, pero ha visto con desdén a nuestro equipo; confío en que llegará el momento en que nos traten con respeto, verás que estaré en tu suelo jugando futbol e irás a verme, porque imagino que regresarás a Argentina.

Con un amplio suspiro, Mario les confiesa:

—Soy un completo extraño para mi país, llevo tanto tiempo fuera, he recorrido tantos lugares y relacionado con tanta gente de diferentes orígenes, que ni el acento me queda de mi Córdoba natal. Quiero quedarme aquí, gran parte de mi vida ha sido la de un errante por América, esquivando balas y grilletes, a mis cuarenta años apenas estoy graduándome de una carrera, no me he permitido establecer relaciones estables con nadie, mucho menos tener hijos. Siento que en algunas cosas estoy atrasado y no puedo darme el lujo de perder tiempo, lo que puedo asegurar es que, en mi convulsionado recorrido por la guerrilla, primero, viendo a mis padres luchar contra la ultra derecha en el sur, y segundo, por mi trabajo en las milicias de México y El Salvador, he desarrollado una pasión por los medios de comunicación, que seguiré como escritor, consultor y profesor universitario.

Poco a poco la playa se va llenando de visitantes, la calma se pierde entre los sonidos cruzados de varias cornetas y el horizonte se nutre de muchos cuerpos expuestos al sol.

La inspiración se esfuma cuando Peter les recuerda:

—Para que estos sueños se hagan realidad, debemos neutralizar a nuestro verdugo. Almora nos puede hacer la vida de cuadritos antes de vernos de toga y birrete ¿no les parece que debemos recurrir a técnicas esotéricas o buscarle novio a ese muñeco?

Ana lo acusa de «mata *flow*» mientras un hombre con apariencia de mujer, caminando al frente, tal cual Miss —después de la quemazón—, tropieza y cae sobre Peter. Todos revientan a reír.

Para completar el episodio, José Enrique les cuenta un chiste:

—En un avión van 12 molle-judos, 10 araqueños, 4 orientales y 1 gocho. El avión aterriza de emergencia en plena selva africana, pasado un tiempo, los molle-judos se preocupan por la comida «qué molleja, ya es hora de llenar la panza, ¿qué vamos hacer?» Los araqueños tranquilamente dicen «chico, la solución es mandar al gocho a cazar un animal» y los orientales dicen «zi, zi, estoy de acuerdo con ustedes». Entonces, uno de los molle-judos levanta al gocho de su dulce sueño y le da la orden: «Mijo, vos si sos tranquilo, ¿cómo podés dormir con este calor y en medio de la selva?, mijo, hemos decidido que tu salgas a cazar un animal, nos dejas el puñal que lo vamos afilar para prepararlo cuando lo traigáis». El gocho adormecido le revira: «¡Eh! ¡No dejan dormir!, ¿cómo así que vaya a cazar y sin puñal? ... bueno, bueno, solo porque estoy aburrido, iré». Pasado un tiempo, desde las ventanillas ven al pobre gocho correr desesperadamente por su vida, los de adentro se compadecen del gocho, le abren la puerta del avión para que se salve, en eso que viene a toda marcha, el gocho de repente se agacha, salta el león dentro del avión y el gocho cierra la puerta y concluye: «Ahí les dejo el animal que pidieron, cuando lo arreglen me avisan para entrar».

Entre chistes e historias pasan horas a la orilla del mar, al final de la jornada todos coinciden en el deseo de seguir en el país de lo posible, el que también es para los inmigrantes europeos, asiáticos, del medio oriente y suramericanos. El país de las mises lleva cuarenta años disfrutando de la democracia bajo el manto de la renta del oro negro, esto lo ha proyectado como un país muy rico, abierto a las oportunidades de crecimiento, benevolente con los pobres y los no tan pobres también, en donde el costo de los servicios públicos es muy bajo, la gasolina y el gas un regalo, los servicios de salud y educación gratuitos. ¡Nadie quiere irse de aquí! es maravilloso vivir en un país que aspira a la modernidad de EE.UU., pero con la idiosincrasia y relajamiento social de un país latino. ¿Cómo no abrigar esperanzas de que el país tendrá las condiciones para facilitar a los nuevos egresados universitarios el crecimiento personal y profesional tanto o más de lo que fue posible en décadas pasadas? Sin embargo, en el ambiente circula la idea de que las cosas no están bien, pero no es algo nuevo, si se considera que siempre es parte de la estrategia discursiva de contendores políticos en época electoral.

II
De verde a rojo

De nuevo domingo, esta vez un seis a las seis de la tarde, avanzados en un ochenta por ciento los escrutinios manuales de las mesas electorales de más de veintidós estados, la Capital y las Dependencias Federales, se confirma lo que las *exit poll* venían anticipando sobre la tendencia ganadora del candidato del partido Boina Roja. El voto es de castigo para los viejos partidos y de confianza para el militar retirado. Otra vez, el colectivo se entusiasma con los uniformados, aparentemente estos, junto con los miembros de la Iglesia son los que, según las encuestas, gozan de mayor credibilidad dada la posición subrepticia que ocupan en los asuntos públicos o posiciones de poder.

Los titulares de todos los periódicos y noticieros del lunes 07 de diciembre, anuncian la llegada a palacio del militar retirado, el que se vende a sí mismo como el líder de los pobres, el que aspira a refundar la República en una gesta revolucionaria reivindicadora de los derechos de los más débiles. En este punto, todo parece indicar que será el gobierno de una nueva clase, aunque sobre la misma consigna de mantener la dependencia de la mayoría al Estado paternal; en efecto, la idea de protección social no es nueva, ya desde la primera República se han dado dádivas al pueblo, por un lado, para mantener los afectos y, por ende, rendir culto al caudillo de turno y por otro lado, para evitar revoluciones o alzamientos indeseados. Entonces, aplicando la misma dosis de pan y circo se dará continuidad al viejo sistema administrativo del Estado.

Entre tanto, el inventario a la oficina del diario *Notas Altas* hace recobrar un documento histórico de la democracia, el Gran Pacto, documento suscrito entre las diferentes corrientes político ideológicas de la década de los sesenta, incluida la guerrilla, para garantizar la gobernabilidad a partir de su firma, el cual básicamente permitió a las partes involucradas acceder en igualdad de condiciones a los mecanismos de elección popular para ocupar cargos públicos, permitir la alternabilidad en el poder y, suprimir toda forma de violencia como estrategia de lucha política. Claro que este es un documento simbólico para actores que por ahora —al menos en principio— quedarán como las guayaberas ¡por fuera!

Para el diario y para Mario en particular, este documento tiene valor, pues por experiencia propia los acuerdos de convivencia entre fuerzas contradictoras allanan el camino para aspiraciones más trascendentales que simplemente acceder al poder. El ejercicio de la violencia contra un sistema para llamar su atención y conseguir algunos objetivos conlleva muchas pérdidas y riesgos, entre ellos, el riesgo de establecerla como regla y la incursión en actividades ilícitas como medio de subsistencia.

Mario se retira de la guerrilla gracias a un acuerdo de paz con el gobierno salvadoreño, que eximió de responsabilidad a sus miembros, oportunidad que aprovechó para iniciar una vida normal fuera de esas causas extremistas, para él, es más productivo mantener sus conexiones con movimientos políticos de izquierda en México, Nicaragua o Colombia, brindando asesoría en temas geopolíticos y comunicacionales.

De esa vida, él destaca más los aspectos positivos que los negativos, esos, prefiere reservárselos. De ese balance le quedan muchos amigos, además de la base ideológica que define sus escritos y opiniones, reconoce que ese tiempo le sirvió para fortalecer el valor de la humildad, la solidaridad, la lealtad, la prudencia, la responsabilidad y la defensa de la justicia social. Sus compañeros lo valoran como un buen amigo; a pesar de las diferencias de edad, ha logrado compenetrarse con los estudiantes más jóvenes y conseguir de ellos el respaldo en varias causas.

Ese lunes, a diferencia de muchos, Mario opta por mantenerse al margen de celebraciones innecesarias. Pese a que la Universidad está desolada, está trabajando desde temprano, adelanta todo lo posible para tener el tiempo disponible a media mañana, para reunirse con sus amigos en el cafetín del Edificio A y de allí partir a la Biblioteca Nacional, desde donde dirige sus relaciones interinstitucionales. Con lo metódico que es, cada minuto lo aprovecha al máximo. En la reunión con Peter, Patricia, Ana, José Enrique y Andrés, organizan los elementos para la defensa de la investigación disciplinaria impulsada por el Profesor Almora en contra de los estudiantes que lo denunciaron por actos irregulares; a tales efectos, reconstruyen los hechos para extraer detalles que involucran a Almora con enriquecimiento ilícito, violencia psicológica contra las estudiantes y faltas graves a la ética en el ejercicio de la docencia. Es posible que el asunto no se discuta en lo que resta de clases, pero estará listo antes del inicio formal del nuevo año académico.

Como quiera que la gerencia universitaria es sensible a los temas políticos nacionales, es previsible que sus miembros se ocupen las siguientes semanas, a tender puentes con el nuevo gobierno, máxime cuando se tiene la rabadilla de paja cerca de un sospechoso pirómano. Por supuesto que es respetable que los perdedores busquen algún acomodo con el nuevo inquilino de palacio ¡bien por las múltiples cajas registradoras que se activan! Es usual en política repartir mermelada a los nuevos funcionarios, todo sea por transitar cerca de los encantos del poder. Sin importar que se les llame pasteleros o areperos, van con todo el mundo. Habrá que ver si esa técnica les da resultado, porque está claro que el Presidente electo trae un arsenal de combate contra la vieja política y sus élites aliadas. Además, dada su formación militar, genera la expectativa de mano dura contra la corrupción y la inseguridad. Ganó con amplio margen, el suficiente para mandar al carajo al que no le sirve.

Ese carácter está registrado en su ADN familiar, en su hoja de vida castrense y en su expediente sentimental. Una de sus víctimas, la semana anterior había rendido testimonio de ello a uno de los medios de comunicación nacional, se trata del ex presidente CAPIZ, quien dijo a Radio Televisión «si gana el ex golpista, el país deberá lidiar con una especie de vengador, vendrá una época oscura para la democracia, los derechos humanos y la libertad de expresión». El detalle es que como la advertencia venía de un ex caudillo del partido blanco, execrado por los medios de comunicación y por su propio partido, pasó desapercibida la alarma. Como se ve, del amor al odio se avanza a pocos pasos.

En este sentido, pese a que muchos periodistas le han restado importancia, retumba en la conciencia de unos pocos ciudadanos la preocupación por el cambio de dirección política, y no es una simple preocupación. El caso es que los valores y principios vulnerados en los hechos dramáticos de 1992 no debieron perdonarse, porque la estabilidad del sistema democrático depende de la capacidad de imponer sus normas y exigir responsabilidad frente a su violación, justamente para reafirmar la vigencia de su sistema. Pero, por el contrario, se dio a entender que el sistema democrático era tan perfecto que pudo enjuiciar años más tarde, a un Presidente, el mismo que precisamente había sido víctima de un golpe de estado frustrado, y bajo el mismo sistema, perdonar a los responsables de ese golpe permitiéndoles aspirar a cargos de elección popular con las reglas del sistema democrático que ellos mismos violentaron ¡cosa de locos!

Los más viejos dirán:

—¡Oídos sordos! ¿Quién en medio de una fiesta presta atención a tales menesteres?

Tal vez, en el fondo del corazón de muchos ciudadanos, se celebra con bombos y platillos la derrota de los ahora variopintos opositores; tal vez, ese vengador al que refiere CAPIZ sea el mismo pueblo, el mismo que una vez lo adoró y lo llevó a la presidencia dos veces. El escenario actual muestra simbólicamente al que una vez fungió de padre postizo de millones de desamparados ciudadanos, padecer la rebeldía de sus hijos quienes, al perderle confianza, lo abandonaron. Pero como siguen necesitando de un padre, preferiblemente alcahuete y consentidor, se pegan a cualquiera que medianamente les ofrezca estos *commodities*.

Entonces, no hay espacio para el lamento, las cartas están echadas, casi nadie se atreve a desinflar la ilusión de la mayoría, cualquier fatídica advertencia es vista de mal gusto y condenada a cualquier nivel. De esta forma, el ambiente decembrino de cada hogar, tiene el ingrediente adicional de alguna discusión entre sus miembros por asuntos políticos, el país de las mises ha pasado de estar dividido entre blancos y verdes a estar dividido entre boinas rojas y variopintos opositores. Por supuesto, el nuevo esquema no hubiera sido posible sin la incorporación de muchos viejos simpatizantes blancos y verdes a las boinas rojas.

Más allá de las cuestiones políticas, lo importante es que en esta tierra diciembre es sinónimo de fiesta, la fiesta se anuncia desde octubre al sonar de las gaitas y se instala oficialmente con la puesta del pesebre y/o árbol de navidad en la cuarta semana de noviembre. Los terminales terrestres de la Capital siempre colapsan por la extraordinaria afluencia de pasajeros, por ser los mayormente empleados para viajar al interior del país; los terminales aéreos son una opción, pero más costosa, que opera con normalidad en cualquiera de sus treinta terminales nacionales con sus más de veinte destinos internacionales.

En la actualidad, los viajes por tierra en este lado del mundo, conllevan riesgos adicionales. Las aventuras más excitantes se viven en las carreteras nacionales, por ello, cada viaje debe comenzar con la invocación de protección divina ante la inseguridad, el mal estado de las vías y la falta de protección policial. Rubén, quien religiosamente pasa navidad y fin de año con su señora madre Alice Thelma, prepara viaje para el día siguiente, 15 de diciembre, a las cinco de la mañana; el recorrido les tomará unas doce horas con dos paradas incluidas. En el trayecto deben atravesar siete estados, cuya topografía es tan fascinante como alarmante, pues proyecta marcados contrastes entre desarrollo y miseria, a estas alturas el país más rico del sur, aún tiene pueblos sin acueductos, casas de cartón, niños semidesnudos y descalzos rondando por las vías públicas, vendedores ambulantes y autopistas sin terminar.

Una hora antes de la prevista para partir, Rubén vuelve a chequear las condiciones generales del vehículo. Antes de cargar las maletas, sube el kit de herramientas, asegura el gato, lleva aceite de motor, de caja y todo cuanto sea útil en caso de avería, porque es más efectivo llevar una parte del taller en la cajuela del carro que contar con los servicios de auxilio vial. Consuelo se encarga de preparar la comida para llevar, los muchachos de organizar el equipaje, las cajas de mercado, cobijas, almohadas y los abrigos. El carro queda tan lleno de cosas, que se delata como carro de vacacionistas, algo no muy bueno si se considera los atracos a viajeros en determinadas carreteras, por ello es mejor rodar de día. A un cuarto para las cinco de la mañana, Rubén y su familia emprenden viaje hacia Chira.

Las curvas predominan en los primeros 80 kilómetros, es una travesía por las montañas que se elevan desde la playa hasta la Capital, las mismas que conforman el Parque de Las Aves, el pulmón vegetal de la metrópoli, declarada reserva de aves y mirador natural de dos frentes, uno, a la gran ciudad y, otro, al mar profundo de Güira. De noche, las montañas parecen refugio de luciérnagas, son muchas las construcciones ilegales al borde de ríos, en los retiros de vías o en las pendientes de montaña, todas cuentan con energía eléctrica, la toman del mismo modo que consiguen levantar ilegalmente el rancho, así que la factura de electricidad la paga el Estado.

Pasados unos cuarenta minutos de viaje, comienza la planicie con autopistas de cuatro canales por cada sentido; a pesar de ser tan temprano, es considerable el tráfico de vehículos de carga pesada que salen del puerto de Güira a distintas regiones, si alguno llegara a accidentarse donde la vía se reduce a dos canales, colapsaría el tráfico por la gran afluencia de vehículos desde o hacia la Capital. En la autopista, Rubén y los muchachos ven a lo lejos, una especie de antorcha moviéndose de un lado a otro por un extremo del canal, todavía está oscuro, no se logra ver lo que hay detrás de la luz.

—Puede ser una emergencia papá, ¡baja la velocidad, tal vez están pidiendo ayuda! —señala Peter.

A medida que se aproximan, la luz se hace tenue hasta desaparecer, bajan la velocidad al mínimo, pero no pueden ver nada. De repente la luz se enciende al lado de Peter y con un fuerte golpe a la ventana del copiloto, se puede ver a una niña vestida de blanco con velo, todos saltan del susto.

—¡Ave María protégenos del mal! ¡Tres Divinas Personas en tus manos encomendamos nuestra alma, no permitas que el mal se apodere de este vehículo! —exclama Consuelo.

Los ruegos de Consuelo son inmediatos, los demás no alcanzan a entender el fenómeno. Rubén instintivamente pisa el acelerador para alejarse rápidamente de ese sector, cree que es una trampa para robarlos, pero Mariela piensa que es algo relacionado con la *Leyenda urbana de la niña de Antorcha.*

Cuenta Mariela que Antorcha era un caserío de indígenas occidentalizados al sur del país. Cuando la violencia se apoderó de una parte del Amazonas, los padres de Suny Saloni se mudaron a la gran ciudad, al principio deambularon por las calles pidiendo limosna, luego recogiendo latas para el reciclaje y, finalmente, se dedicaron a vender chucherías y cigarrillos en la calle. Se dice, que poco a poco los padres de Suny mejoraron su situación económica, no obstante, esto no influyó para que la hija de siete años de edad entrara a la escuela formal.

Al parecer, en el Barrio Las Heroínas, los vecinos vieron con normalidad que una familia indígena se mantuviera al margen de ciertas costumbres de la civilización occidental. La señora salía de casa solo para hacer compras de alimentos, lo cual hacía todos los días casi a la misma hora, la hija era educada por la madre bajo los principios de su cultura nativa y, el esposo era un vendedor ambulante que trabajaba en varios sectores de la ciudad. No se relacionaban con nadie del Barrio, sus visitantes eran personas extrañas al sector. Se cuenta que el padre de Suny, fue obrero en las minas ilegales de oro, que trabajó con los garimpeiros cuando se presentó aquella guerra de bandas por el dominio de las minas y desde ese episodio, muchos indígenas se mudaron a varias ciudades del país.

Hace algún tiempo, encontraron por este lugar una maleta con el cuerpo sin vida de una niña de siete años, esa niña era Suny Saloni la hija del minero. La niña había sido violada y asesinada por asfixia mecánica, la maleta fue hallada en llamas un día después de que los padres la reportaron desaparecida. Se oye que el único rastro es el testimonio de dos niños de seis años que estaban jugando en la calle con ella y que recibieron dinero de un desconocido para comprar golosinas, entonces dejaron a Suny con el hombre que la invitó a buscar caramelos dentro de una camioneta plateada de vidrios oscuros, ella subió al carro y los niños se fueron a la bodega.

Lamentablemente, hasta el día de hoy, las autoridades no tienen noticia de quién o quiénes pueden ser los responsables de tan macabro hecho, lo cierto es que el tema ya no aparece en los medios de comunicación, los padres no han presionado más, lo cual resulta un poco extraño; de hecho, dicen que se mudaron de Las Heroínas donde fue vista por última vez la niña. Cuenta esta leyenda que Suny es la niña que se le aparece a los conductores de esta vía, dice que su alma no descansará hasta que encuentren a los culpables.

Rubén admite que ese homicidio fue noticia hace tiempo, pero que no cree en fantasmas, brujas ni nada de eso:

—La maldad corre por las venas de los vivos, eso pudo ser una de esas trampas que colocan en el camino para robar a los viajeros —agrega Rubén.

La señora Consuelo los invita a rezar:

—Con ello nada se pierde y mucho se gana. Por lo que sea, es mejor estar amparados por la gracia del Santo Cristo de los Milagros.

A cuatro horas de camino, se ha avanzado un tercio del trayecto, ya es tiempo de surtir gasolina, pasar a los sanitarios y tomar el desayuno con una buena taza de café para mantener los sentidos abiertos. En la estación de servicio, Mariela y Consuelo corren a lo que aparenta ser el sanitario, siguen un tímido aviso manuscrito con una flecha apuntando hacia una puerta oxidada que dice «Damas», empujan la puerta que está entre-abierta, la poca luz que viene de las rendijas entre el techo y las vigas dejan ver el descuido de piso y lavamanos, la necesidad de desocupar la vejiga las obliga a ignorar semejantes detalles, abren la puerta del wáter y destapan el terror de la mugre, un caldo de cultivo que dispara moscas y zancudos a todos lados; sin duda, ni el agua ni el desinfectante han pasado por allí en años, usarlo puede significar contraer la «mamá de las infecciones» y quedar a merced de los chupasangre. Las mujeres huyen despavoridas de ese antro.

—¡Qué asco!

Es la expresión desesperada de Mariela al encontrarse en el restaurant con su papá y hermano. Peter les pregunta sobre su incomodidad, ellas le cuentan que entraron a un cuarto de terror del que salieron espantadas.

—¡Tocará el baño del monte! —dicen las mujeres.

Pero Rubén les señala otros baños dentro del restaurant, lo único es que hay que colaborar con la limpieza, cargar agua de un barril hasta el wáter para limpiarlo antes y después de usarlo, eso es mejor que nada o el baño del monte. A regañadientes, Mariela y su mamá van a la operación limpieza, mientras los caballeros se disponen a pedir las bebidas y ubicar una mesa para desayunar.

El restaurant es amplio, es de los mejores —entre los pocos— paraderos de carretera, por tanto, bastante concurrido. Allí, un café con leche mediano cuesta 10 dólares, un sándwich de jamón y queso cuesta 15 dólares, una botella de agua de 250 ml cuesta diez veces más que un litro de gasolina. «¡¿Acaso el café viene de la cosecha gran reserva de la sabana Amazónica del vecino país cafetero, con vallenato incluido?!» —piensa Rubén—, mientras desembolsa en caja el equivalente a 40 dólares por 4 tazas de café criollo. «¡Es diciembre, no hay competencia, se aprovechan!» —murmura en voz baja.

De vuelta a la autopista, ahora con los compañeros de viaje *Wilfrido Vargas, Sergio Pérez, Fernandito Villalona y Las Chicas del Can*, los ánimos se elevan al ritmo del merengue clásico de los ochenta. El copiloto anuncia los baches, bautiza los policías acostados, prepara el pago de peajes y narra la carrera de autos que circunstancialmente les rodea; el niño que aún lleva por dentro juega a los carritos:

—Este es el circuito de las estrellas, muy apretada la carrera, aquí van los competidores: Tortuga negra rezagada, Meteoro azul en tercer lugar, trata de avanzar al segundo puesto, pero Tortuga negra lo impide. A la delantera del circuito el Caballo blanco, Tortuga ayuda a Caballo, atrás viene rápidamente el Potro rojo, acosa a Meteoro, pasa a Meteoro, se le pega a Tortuga, quiere brincarla, insiste, lo va a conseguir, el Potro pasa en la curva, ¡madre mía!, alcanza el segundo lugar el Potro brioso, el Potro loco sobrevive a la curva, Tortuga sigue trancando a Meteoro, avanza el Potro, el Potro a una cabeza del primer lugar, Caballo no se deja, Potro le pega a Caballo, Caballo se voltea y Potro también ¡saz! fin de la carrera.

En vivo y directo, ven un accidente de tránsito por la imprudencia de los conductores. Rubén siempre dice «no por correr más se llega más temprano» es su filosofía de vida, y sentencia:

—Hijos, así como en la vía hay conductores que presionan desde atrás para que los dejen pasar o para sacarlos del camino, el conductor tiene la elección de dejarse presionar o no, de caer o no en el juego del conductor de atrás, si se deja presionar o cae en el juego del otro se desenfoca y puede perder la vida.

Rubén enseñó a sus hijos a manejar, en esta ocasión les recuerda la lección de que salvo que sea estrictamente necesario para evadir un secuestro o atentado, no deben dejarse presionar por el conductor de atrás, eso les servirá para la vida. Habrá gente que los quiera sacar del camino, el deber es estar atentos y mantenerse enfocados.

Logran pasar entre los vehículos accidentados, no pueden apreciar el estado de los pasajeros, ni es recomendable acercarse a ver los pormenores, lo mejor es alejarse porque los asomados muchas veces se llevan la peor parte.

Avanzan a una velocidad constante hasta llegar a Tarinas, estado llanero ubicado al suroeste de Chira, faltan unas pocas horas para llegar a la aldea San José donde vive la adorada Alice Thelma. Realizan la segunda parada, se sigue el mismo orden de tareas: surtir gasolina, pasar al sanitario, entrar al restaurant y recargar energía para el último tramo de este trayecto; están más cerca del destino y, para irse ambientando a los gustos musicales del Llano y los Andes, Peter compra en el restaurant una compilación pirata de los mejores vallenatos.

Al ritmo de «♪♫ *los caminos de la vida, no son como yo esperaba, no son como yo quería,* ♪♫ *los caminos de la vida* ♪♫» bajan la velocidad. A la vista, una alcabala móvil de la policía de tránsito, estos policías cumplen con el operativo vacaciones seguras, ordenan a Rubén detenerse a un lado de la carretera, el policía se acerca y sin mediar saludo solicita documentos de identidad, licencia de conducir, certificado médico, póliza de seguro de responsabilidad civil, póliza contra accidentes personales; en la medida que va chequeando los documentos pide otro y otro, visto que no puede pedir más papeles, pide le abran el capot del carro, revisa los seriales, los encuentra sin alteraciones, entonces pide revisar la cajuela.

Mientras bajan el equipaje, el policía con toda la mala intención, camina de un lado a otro, y como no encuentra nada anormal, revisa el caucho de repuesto, nota que está a media vida, se dirige con entusiasmo a Rubén y le anuncia que será sancionado según el artículo 536 de la Ley de Tránsito Terrestre, Mariela que está molesta se dirige al funcionario, increpándole:

—¿Qué falta de respeto es esta? ¿Cómo que nos va a multar por semejante absurdo? ¡Al menos aprenda a decir mentiras! ¿A qué hora le sumaron 400 artículos a esa Ley? ¿Cómo que según el artículo 536, si esa Ley tiene solo 132 artículos y su reglamento 81? ¿Cuál es su problema? ¡Esto es abuso de autoridad! ¿Quién se cree? ¡Si quiere llame a su superior, o mejor lo llamo yo, he tomado sus datos, ya mismo llamo a la prensa, que todo el mundo se entere del maltrato que reparte el operativo vacaciones seguras! ¿Ah? ¿Cuáles seguras?

Cuando Mariela se enoja no hay quien la silencie. Consuelo trata de calmarla, el funcionario la amenaza con detenerla por faltarle el respeto, esto enfurece más a Mariela, y sigue alegándole al policía, hasta que finalmente, se cansa de discutir con una mujer, no sin antes pedir que le dejaran algo para el refresco, lo cual deja en evidencia que todo el show de investigación era para pedir dinero, entonces, Mariela saca de su bolso una lata de refresco y se la entrega, pero el funcionario vuelve a pedir, esta vez para comprar el hielo. Mariela que se había calmado, vuelve a la discusión:

—¡Descarado, vaya a pedirle hielo a su jefe! ¡Es más, ya no quiero dejarle mi refresco! ¡Devuélvamelo! ¡Lo que faltaba, que tengamos que pagarle para que nos maltrate!

El policía le dice:

—¡Ah! ¡Con las mujeres no pudo ni el diablo! ¡Váyase, no la quiero ver más por aquí!

Y Mariela sigue:

—No pues, ¡tan a gusto que estamos aquí, encantados le dejamos de ver la cara!

Peter la lleva del brazo hasta el carro y abandonan el lugar.

A las seis de la tarde, en la Aldea San José comienza a correr el frío de la noche, las cocinas de leña anuncian el cierre de la jornada en el campo brindando la cena a sus trabajadores.

Alice Thelma está en el porche de la casa azul, sentada en un taburete de madera próximo a la puerta, la acompaña el viejo Fausto un mendigo del caserío quien le ayuda con la limpieza del corral de gallinas. Es una mujer alta, trigueña, robusta, trabajadora, noble, muy noble, que enviudó muy joven con nueve hijos, de los cuales solo el menor vive con ella. Juan Pablo bajó al pueblo a visitar a sus otros hermanos, no tardará en llegar. Alice Thelma está angustiada porque Rubén y su familia no han llegado, deberían estar en casa desde hace rato, vuelve a asomarse al otro extremo de la carretera, y los ve venir. Su rostro se pinta de alegría, agradece al Santo Cristo ¡al fin en casa!

Ernest

¡Año nuevo, vida nueva! Este lema significa para cualquier mortal, el cierre de un capítulo y el inicio de otro con la confianza de obtener mejores resultados. La esperanza es la clave de enlace de cada persona con un proyecto, aspiración o meta. Es un modo de regular el ánimo y la disposición para emprender acciones, de ella depende en cierta medida, la convivencia colectiva. El último mes del año se celebra con alegría o tristeza dependiendo del balance final, pero indiscutiblemente, se cierra con la ilusión de que el año entrante será distinto; esto juega a favor de programar elecciones en diciembre, para darle al nuevo período el empuje de la perenne esperanza, así, el voto de confianza inicial a los funcionarios electos, permite conseguir apoyos importantes.

Para enero de 1999, el asunto del Profesor Almora estaba clasificado y reservado a la Oficina de Servicios Jurídicos de la Universidad Nacional. Los abogados de la Universidad o más bien del Rector y su séquito de aduladores, convocaron a los estudiantes para ese martes a una reunión conciliatoria con el Profesor a fin de cerrar el asunto internamente. El abogado comisionado inicia la reunión informando del caso sometido a consulta; expone la dinámica de la reunión y solicita de las partes la mayor disposición para encontrar una solución amistosa al problema. Antes de darles la palabra a los interesados, lee los artículos del Reglamento de estudios que refieren a los deberes estudiantiles (de la moral, las buenas costumbres, el trato hacia las autoridades y la institución y, las formas de responsabilidad) seguidamente, da el derecho de palabra al Profesor Almora:

—Buenos días, lo expuesto por el Abogado Moncayo representa una exposición fiel y exacta de las agresiones de las que he sido víctima por parte de los estudiantes; por tanto, ratifico la denuncia que hice el 30/11/1998. Insisto, el estudiante Mario Montero utiliza el diario *Notas Altas* para manipular información y dañar la reputación de quien les habla, por tanto, exijo el desmentido y una disculpa por el mismo medio. Solo de esta forma daré por concluido el tema y él podrá terminar sin contratiempo mi materia.

El Abogado Moncayo toma nota de los requerimientos del Profesor, cede la palabra a Mario quien expone:

—La denuncia que formulamos en el reporte de la página 2 de la edición No. 5142 del diario estudiantil *Notas Altas* del día 30/11/1998, se fundamentó en pruebas aportadas por los estudiantes víctimas de los abusos del Profesor Almora, las cuales para entonces, a razón de proteger la fuente, no contenían los nombres de las personas involucradas; sin embargo, hoy traigo la declaración jurada de cada uno de ellos. Además, traigo depósitos bancarios hechos por estudiantes de la sección 01 y 02 del período U-1998 a una cuenta personal del Profesor Almora; constancia de varias invitaciones indecentes a estudiantes del sexo masculino; constancia de maltrato a estudiantes de sexo femenino y análisis comparativo entre lista de calificaciones y lista de aportantes a la cuenta del Profesor. Con estas pruebas se demuestran los hechos denunciados en el rotativo estudiantil. Con estos elementos, mínimo debe abrirse un expediente sancionatorio al Profesor. Además, le aclaramos a este Servicio Jurídico que conocemos nuestros deberes, pero también conocemos nuestros derechos, derechos que han sido atropellados por este Profesor, manchando la imagen de lo que debe ser un docente entregado al noble oficio de guiar a otras generaciones por el camino del bien y el conocimiento. Veo con profunda preocupación, que el Servicio Jurídico de la Universidad lejos de realizar una investigación objetiva, se aleje de la verdad y facilite acciones injustas en contra de los estudiantes, por ende, insisto en que se cumpla con el debido proceso. En caso contrario, estamos dispuestos a recurrir a las instancias formales de la administración de justicia para hacer valer nuestra verdad y exigir la responsabilidad que corresponda. Finalmente, no hay nada que desmentir, ni disculpa que expresar al Profesor Almora.

Concluida la exposición de Mario, el abogado Moncayo concluye:

—Visto que las partes no muestran disposición para una conciliación, el asunto continuará su curso; le sigue un período probatorio de 10 días hábiles, luego de otros 3 días para conclusiones y, finalmente, de 15 días para emitir resolución, resolución que podrán recurrir por la vía administrativa y posteriormente por vía judicial. Es todo.

Se levanta un acta, la cual firman todos los presentes y termina la reunión. Los estudiantes sacan sus cuentas, los próximos grados están previstos para el 6 de febrero; según esto, la resolución no saldrá antes de esa fecha, entonces, el tema de la suspensión o expulsión no será factible, como tampoco será posible que Almora le niegue la nota a ningún estudiante que haya cumplido con todas las evaluaciones formales. En consecuencia, el 6 de febrero Mario y sus compañeros se vestirán de toga y birrete para recibir su título de Politólogos.

En general, los asuntos que se ventilan en la Oficina de Servicios Jurídicos tardan más de lo normal, es decir, que lo que debe resolverse en dos meses se tarda diez meses, un año o queda diferido. El retraso no es por falta de abogados porque son muchos los que hay, es por desidia, es por defecto o exceso de voluntad por resolver algunos casos y otros no. Por este motivo, muchas causas propias de la Universidad se pierden, de allí la consigna en el ambiente de los pasillos universitarios: ¡el que quiera salir *avanti* en un conflicto jurídico no debe emplear a ninguno de esa oficina! Lo lamentable, es que esta realidad es —en parte— una proyección de lo que se vive en los circuitos judiciales del país.

En este sentido, el sistema de justicia que asume el nuevo gobierno está contaminado de ineficiencia, discriminación, perversidad e irresponsabilidad, por mencionar algunos epítetos. Algunas organizaciones pro defensa de los Derechos Humanos así lo hacen saber. Aquí vale igual respetar o no los derechos ciudadanos, y aunque los medios de comunicación intentan presionar para forzar investigaciones o decisiones, la impunidad reina en todos lados, por ello, casos tan sonados como el Candilazo o el Socorro no alcanzan justicia. La dinámica muestra que las menudencias de gestiones judiciales no se mueven sin el estímulo de algún aporte subrepticio a sus operadores, mientras que las cuestiones más complejas exigen tarifas más elevadas. De igual forma, el destino de las cuestiones complejas está reservado a un círculo exclusivo de bufetes o intermediarios que mantienen una especie de franquicia paralela de administración de justicia y con ella se permiten nombrar, rotar o remover magistrados, secretarios, fiscales, defensores y policías. Lo malo del cuento es que ese sórdido panorama se replica en los trece ministerios y demás instituciones estatales. Además, la vida pública se va en un sinfín de vueltas inútiles para estimular el *darkbussines*.

A la salida de la Oficina de Servicios Jurídicos Mario se encuentra con varios panfletos volando por los pasillos universitarios. En dicho papel se alude al Rector por la desaparición de Ernest, un estudiante del séptimo semestre de Arte. La acusación la firma la Federación de Estudiantes quienes, al mismo tiempo, exigen al Rector información de su paradero o procederán a ejecutar protestas masivas. Mario se pregunta:

—¿En qué nuevo lío estará enredado el Rector?

Sigue su camino al trabajo, en el ínterin tendrá un breve encuentro con el Profesor Rancell en la Escuela de Historia; posteriormente, realizará una serie de entrevistas a varios aspirantes a la nueva Dirección del periódico estudiantil. La última palabra respecto a la elección del nuevo Director dependerá del Centro de Estudiantes, sin embargo, el primer contacto con los aspirantes lo hará Mario.

En la Escuela de Historia a diferencia de la de Ciencias Políticas, predomina en paredes y carteleras mucha información dedicada a temas de izquierda, abundan invitaciones a foros y charlas sobre la doctrina marxista, el legado del Che Guevara, historia económica de Rusia, y líneas ideológicas del comunismo chino. Esto es coherente con la orientación política que domina desde hace tiempo a la Facultad de Humanidades, tendencia esta que toma significativa importancia en la dirección ejecutiva nacional. Rancell, visiblemente ocupado, tiene en la antesala de su oficina a una docena de personas esperando hablar con él, sale y las anima a continuar en sala mientras recibe a Mario, quien le saluda felicitándolo por el triunfo del seis de diciembre y le augura éxitos en la gestión de los próximos cinco años.

Suena el teléfono de la oficina, Rancell se apresura a responder. Por lo que su rostro refleja, recibe noticias de un desaparecido:

—Sí, ¿Está vivo o muerto? ¿Dónde se encuentra? ¿Ha declarado algo? Es preciso vigilarlo, puede ser que alguien trate de silenciarlo, por favor no lo descuiden y me mantiene informado, gracias.

Cuelga, y retoma la conversación con Mario, diciéndole:

—Conversé largo rato con la comandante Caridad, contraseña Co2oesteFk. Ella es nuestro enlace con los insurgentes de Reyes, con ella he conversado sobre ti y me ha dado las mejores referencias, además, como habrás podido intuir, estamos montados en un proyecto Latinoamericano de gran envergadura. Al fin tenemos el líder que lo hará posible, tenemos un equipo, pero no el suficiente ni el conveniente para lo que se quiere, entonces, quiero formalmente ofrecerte una membresía en nuestro equipo, entrarás como asesor directo del Ministro de Relaciones Exteriores, es decir, estarás a mi cargo porque seré el Canciller ¿qué te parece?

Nunca pensó Mario que este país afamado por su tradición democrática, marcadamente capitalista, aunque haya predicado por mucho tiempo su compromiso con el bienestar social de las mayorías, lo colocara de nuevo en escena de las luchas comunistas de este continente; no habiendo perdido contacto con los viejos camaradas, le entusiasma la idea de volver al ruedo en condiciones más favorables, siendo profesional y al lado de un líder que ha llegado al poder por los medios democráticos. Tiene la firme convicción de que, al tener la voluntad política y el compromiso de los nuevos dirigentes, el sueño de un mundo mejor e igualitario se hará realidad. Ciertamente, Mario acepta. Ahora, debe reacomodar rápidamente su vida laboral. En tres semanas será la toma de posesión y su acto de grado unos días después. Solo tiene una semana para ordenar sus cosas y presentarse a su nueva oficina en la casa amarilla.

De vuelta a su oficina, encuentra a dos estudiantes esperando por la entrevista para el cargo de Dirección del diario estudiantil, este no es un cargo que dé jugosos ingresos, pero es un buen lugar para iniciar la experiencia pre-profesional. Entre los aspirantes está una estudiante de octavo semestre de politología, es la mejor de su promoción, se llama Nina Loreto, el otro aspirante viene de la escuela de Derecho y apenas está comenzando la carrera. Primero, hace pasar al más joven quien, antes de escuchar a Mario, le pregunta:

—Antes de continuar, si usted me lo permite, quiero saber: ¿cuánto es el salario para el cargo? ¿Qué tanto tiempo ocupa?, porque solo si su respuesta me agrada, podré continuar la entrevista, de lo contrario, desistiré.

Mario, rara vez se desencaja. En su cara figura el desconsuelo con el entrevistado y se pregunta, «¡¿Será su corta edad o en tan poco tiempo se le metió el chucky del abogado malote?!»

Con mucha paciencia, Mario le agradece el hecho de pensar en el diario estudiantil, y le expresa:

—El diario estudiantil *Notas Altas*, fue fundado en 1980 por un grupo de estudiantes andinos interesados en hacer sentir su voz en las esferas del equipo rectoral y autoridades ministeriales, lo pensaron como un medio de difusión para los requerimientos estudiantiles más importantes, para la promoción de actividades culturales, deportivas y académicas, llamados a concursos para actividades extra-cátedra, etc.

El aspirante trata de interrumpirlo, Mario no lo deja y continúa:

—Durante dieciocho años ha ganado reconocimientos, los cuales vienen de distintos sectores, especialmente del estudiantil, porque desde esta tribuna se han salvado laboratorios; se han logrado ayudas para estudiantes de bajos recursos; se han establecido puentes de cooperación con otras universidades del mundo; hemos traído profesores de alto nivel a dar seminarios y conferencias; hemos conseguido enviar estudiantes de intercambio a otras universidades. ¡Esto no vino de la nada! es gracias a la mística de trabajo de mis antecesores, la cual hemos procurado mantener, por tanto, lamento no responder a sus aceleradas preguntas y lo invito a retirarse, esta oficina no está interesada en gente de su perfil.

El muchacho no entiende lo que Mario le ha dicho y le replica que si aún no le ha mostrado su hoja de vida cómo puede saber de su perfil. Mario le asegura que su actitud inicial lo descalifica, y que no hace falta saber más nada de él.

Una vez librado del pichón de abogado, y sin hacerse muchas ilusiones hace pasar a la muchacha. Se trata de una mujer rubia, de unos veintiún años de edad, delgada, muy atractiva, educada, viene de Esparta, sus padres son italianos y, por lo expuesto en la planilla de solicitud de empleo, el motivo que la trae a la entrevista, es su deseo de adelantar sus pasantías, último requisito para graduarse.

La joven escucha con atención las preguntas de Mario, entre ellas:

—¿Es usted católica practicante? de ser positiva su respuesta, quiero que me diga: ¿Qué opinión tiene de un ateo? del mismo modo, quiero saber: ¿Qué opinión tiene del movimiento feminista?

Respecto a la primera pregunta la joven responde:

—Sí, soy católica practicante, sin embargo, no lo llevo al extremo. Esto quiere decir que comulgo con gran parte de su doctrina, pero no me aferro ciegamente a ella o a sus pastores, veo con sentido crítico la práctica del catolicismo. Tengo esta convicción en el ADN familiar, crecí creyendo en un ser supremo, el Dios dador de vida; temo a su voluntad tanto como confío en que cuando muera viviré en su gloria. De sus mandatos aprendí que no soy quién para juzgar a quien no cree lo mismo, así que un ateo merece mi respeto tanto como lo merece un cristiano o un evangélico.

En cuanto a la segunda pregunta, afirma:

—Reconozco que hay muchos países donde la mujer sufre de discriminación, hasta de maltrato y abuso por el solo hecho de ser mujer, pero de allí a pretender ponernos por encima de los hombres, lo considero un absurdo del mismo tamaño que el de pretender atacar. No somos ni más ni menos que los caballeros, somos iguales en condición de seres humanos, de ciudadanos y de habitantes de este planeta. Las diferencias solo están en el imaginario de algunos con complejos de superioridad o con complejos de inferioridad.

Mario le hace una última pregunta:

—¿Es usted miembro activo de algún partido político?

Ella responde tajantemente:

—No pertenezco a ninguna tendencia política.

Concluye la entrevista. Mario le insinúa que tendrá respuesta rápidamente por lo que debe estar atenta y dispuesta a incorporarse de inmediato. En su informe al Centro de Estudiantes, refiere a Nina Loreto para el cargo de Directora, describiéndola como «una estudiante con criterio propio, que se desenvuelve bien, no tiene compromisos políticos que puedan comprometer su actividad, que tiene interés y como no hay otro candidato para el cargo, sugiere su contratación».

Mientras tanto, los amigos de Mario están cerrando expediente académico, constatan que Almora asentó las notas a todo el grupo, de manera que formalmente, han cumplido con todas las unidades de crédito para graduarse.

En ese mismo momento, Peter, a unos setecientos kilómetros de distancia, inicia el período de prueba para la selección de futbol regional de Chira. Gracias a un primo suyo que cubre la fuente deportiva de esa región, consiguió entrevista con el Director Técnico Joselo Mendel del Deportivo Chira, quien previamente, a través de una serie de videos de Peter jugando en torneos locales de la Capital, encuentra características importantes en su posición de mediocentro ofensivo: es un jugador completo, desarrolla buena velocidad, es rápido en la jugada y, es creativo para defenderse de los ataques del adversario.

Antes de la prueba, Peter —como todos los días— realiza una rutina de ejercicios y trote de una hora. Tiene claro el deber de mantenerse en forma practicando deporte y consumiendo alimentos balanceados. Rara vez se trasnocha, solo cuando no está formalmente en temporada de juego se atreve al consumo moderado de alguna bebida alcohólica.

Desde niño fue llevado a la Capital donde desarrolló su pasión por el fútbol, sin embargo, para ingresar a equipos profesionales o al tricolor nacional se requiere mucho más que talento, se requiere de conexiones pesadas en el medio, de suerte y de otras condiciones que Peter no logró coordinar en la Capital, por ello, ve más factible entrar por un equipo profesional del interior que lo proyecte para el tricolor nacional.

En el camerino, su único pensamiento está en un sueño, dará lo máximo y lo mejor de sí para hacerlo realidad. Amarra los cordones de sus guayos azules, se pone en manos de su protector divino y sale al ruedo, ya está en la cancha de uno de los polideportivos más grandes del país.

El juego está apretado, han puesto a dos jugadores de la contraparte para marcar a Peter; como si lo conocieran desde hace tiempo, hacen una serie de movimientos para impedir que marque gol, pero este es un jugador estratégico, sabe jugar en equipo, capta rápidamente las debilidades del contrario y las aprovecha a su favor. Entrega el balón al segundo delantero, este se la pasa al centro delantero, el centro delantero se aproxima a la meta, se la pasa a Peter, este avanza como una bala, apunta y dispara al arco marcando el primer gol al minuto treinta y tres del primer tiempo. El pasante se roba el show, levanta emoción en los presentes, entre ellos, sus promotores los primos Alejandro y Mari. Termina el primer tiempo, el marcador 1-0 a favor del Deportivo Chira gracias al gol de Peter. En el receso el Director Técnico felicita a su equipo, los anima a mejorar el rendimiento y repasa la estrategia.

En el segundo tiempo, se mantienen las posiciones del Deportivo Chira, pero se cambian las del oponente: refuerzan la línea defensiva, cambian al defensor central y al defensor lateral. Comienza el segundo tiempo, continúa la dinámica contra Peter, el Deportivo Chira domina el balón, se aproxima varias veces a la meta, le cortan el impulso, pero rápidamente lo recobran para volver con un juego, esta vez, más calmado hasta fastidiar al oponente, punto en el cual aceleran los movimientos, y se enfilan hacia el segundo gol, que lo marca el chino Moré, gracias a un pase de Peter, quien coloca el balón en la línea de fuego. El chino Moré es el capitán del equipo, hasta ahora el mejor goleador del Deportivo Chira.

Faltando cinco minutos para concluir el encuentro amistoso, en un pase magistral del lateral izquierdo al capitán y de este a Peter, quien se mueve en línea quebrada para distraer al arquero, con un tiro de izquierda anota, finalmente, el tercer gol para el Deportivo Chira.

Este encuentro le da a Peter un veinte sobre veinte para clasificar a la segunda prueba, ahora deberá jugar durante un mes sin goce de sueldo ni bonificaciones. No le es permitido ausentarse, ni siquiera para su acto de grado, lo que lo pone en serios aprietos con su padre.

Para Rubén, el fútbol solo puede ser tomado como un buen entretenimiento o actividad deportiva complementaria, sinceramente no cree que al norte del sur sea un medio para vivir decentemente. Cuando Peter le cuenta a su padre del sacrificio que debe hacer, este le responde:

—¡¿Estás loco?! ¿Cómo vas a regalar tu tiempo y tu esfuerzo? ¡Se quieren aprovechar! ¡No estoy de acuerdo! —dice Rubén, reprimiéndolo—, ya tienes una carrera, debes formalizar el grado y buscar un trabajo que dé dinero. Por mucho que te guste el fútbol ¡no te puedes enganchar en una ilusión!

Peter se siente presionado, ama el fútbol, pero si el fútbol no le da, debe emprender otro rumbo.

Los primos de Peter, Alejandro que es periodista deportivo y Mari que es pequeña empresaria de alimentos, lo animan a quedarse y le ofrecen apoyo económico para mantenerse en Chira durante todo el tiempo que sea necesario hasta ingresar a esa plantilla de jugadores. Ellos, que son testigos presenciales de las cualidades extraordinarias de Peter como jugador, están decididos a apoyarlo en todo, si este decide quedarse. Son momentos de tensión entre él y su padre quien, aunque quisiera apoyarlo, no está en condiciones de mantenerlo fuera de la Capital. Finalmente, Peter acepta el apoyo de sus primos, se queda para emprender el camino de sus sueños, está tranquilo porque cumplió con su familia, estudió y se hizo profesional, ahora se siente preparado para conseguir un puesto en el fútbol.

Al otro lado, en la Capital, sus amigos extrañan su buen humor y sus ocurrencias, saben que su estancia en la Universidad en gran parte estaba motivada por complacer a sus padres, pero en paralelo se había preparado física y mentalmente para el fútbol. De hecho, se había ganado el cupo en la universidad como atleta de alto rendimiento, y había jugado para la Universidad hasta que logró entrar en un equipo de segunda categoría, que le pagaba un poco más de un sueldo mínimo por jugar con ellos.

Decididamente, Peter recibirá su título por la oficina de Secretaría de la Universidad, lo cual desinfla la ilusión de sus padres de celebrar el gran día viéndolo vestido de toga y birrete.

Ahora, con más razón Rubén se empeña en vender su propiedad y regresar a los Andes. Mariela, quien en poco tiempo se graduará en Comercio Exterior, aspira trabajar en la aduana que funciona en la frontera de Chira con Colombo, el país cafetero que colinda al occidente.

Por otra parte, en el medio universitario siguen rodando rumores de la inquietante desaparición del estudiante de la Escuela de Artes. El joven es hijo de una familia humilde del oriente del país. Está residenciado en un hostal cerca de la Universidad, donde trabaja en labores de mantenimiento y se conoce por sus habilidades manuales; de hecho, es un artista plástico en potencia, elabora series de personajes en plastilina que luego coloca en cajas miniatura de madera y vidrio para la venta. Ernest es un joven inteligente y apuesto, admirado por muchos —especialmente por las mujeres— su buen físico le ha valido para recibir invitaciones a modelar para revistas y videos, sin embargo, no es el tipo de arte que le llama la atención.

El viernes, hace ocho días, salió a una fiesta invitado por algunos de sus compañeros de curso, la fiesta se llevó a cabo en una mansión al este de la ciudad, era el cumpleaños de un allegado suyo. Al evento asistieron varios de su salón y otros invitados relacionados con el medio artístico. Cerca de las once de la noche Ernest pidió a uno de sus compañeros que lo acercara a la residencia, porque deseaba irse a descansar, pero estos lo motivaron a quedarse un rato más. Llegaron otros invitados, entre ellos, un par de viejos, nada más y nada menos que el Rector y su hermano. El primero de ellos se mantuvo poco tiempo en la fiesta y fue quien lo llevó hasta su casa.

En este momento, Ernest se encuentra en un hospital recibiendo tratamiento para desintoxicarlo, sufrió sobredosis de algún estupefaciente, y no ha recuperado la conciencia para identificar a sus agresores.

Patricia, en el acostumbrado café de media mañana con sus amigos, les cuenta:

—Muchachos, mi hermana me ha dicho que en el hospital hay un total hermetismo con respecto al estado de salud de este estudiante. Dice que fue ingresado casi muerto y con signos de violación. No era su hora de morir. Ya está fuera de peligro, tiene prohibida las visitas y lo vigila la policía de investigación.

Entonces, pregunta Mario:

—¿Qué tiene que ver el Rector en todo este escándalo?

—Los otros compañeros identificaron a los asistentes de la fiesta —agrega Patricia. Uno de ellos, era el Rector y su hermano. Dicen que ellos fueron quienes suministraron la bebida que afectó a varios, pero a Ernest se lo llevó el Rector, supuestamente para dejarlo en la residencia. En la residencia dicen que él nunca llegó… Hasta que fue encontrado casi muerto y violado en un parque por el oeste.

Nadie con autoridad ha dado fe de los rumores que corren por los pasillos de la Universidad. El Rector mandó a recoger los panfletos y papeles que lo vinculan a esa fiesta. Ha negado su presencia en ese lugar y, por el contrario, está acusando a fuerzas opositoras a su gestión de una guerra sucia en su contra. Asegura que los denunciará por difamación.

Andrés opina que seguramente, Ernest pasará su trago amargo en silencio, que como ha sido violado, más que conseguir algún tipo de justicia, su dignidad puede ser doblemente atropellada con las investigaciones y su exposición pública, porque su agresor no es cualquiera. Por ahora, duda que haya alguna sanción para el Rector.

Ana muestra su pesar, se compadece del muchacho porque le va tocar cambiar de ciudad y de universidad para evitar los señalamientos.

A los costados del cafetín hay televisores de pantalla grande, a esa hora se está transmitiendo un programa matutino de variedades. Son cinco los canales nacionales y, salvo por el canal del estado, los demás compiten por los récords de audiencia desarrollando más o menos los mismos productos. Claro que hay marcas propias muy distinguidas como el Concurso de mises, Sábado Festivo, La Rochela, Concursos y Novelas.

Cerca de las once y treinta se presenta un resumen informativo de lo que saldrá a las doce, hoy entre las noticias de sucesos se informa: «Fue secuestrado el joven estudiante de arte que estaba convaleciente en el hospital central, según cuenta la enfermera del pasillo, tres hombres armados y con pasamontañas inmovilizaron al policía apostado en su habitación, amenazaron al personal de salud y se llevaron al muchacho con rumbo desconocido». Justo cuando muchos esperaban su declaración desaparece.

—¡Pobre hombre, su pesadilla se extiende! ¡Ojalá salga vivo de esta! —expresó Andrés.

IV
Guerra avisada

Llegó el día de la firma del Acta de Grado. Sorpresivamente les acompaña Peter, solo tiene dos días de permiso para regresar al campo de entrenamiento, es un viaje apretado, pero no quiere perderse la foto de despedida de la Universidad. Se derrocha glamour y alegría entre los graduandos, con la firma se declaran formalmente Licenciados en Ciencias Políticas. El acto central ocurrirá en tres días en el Aula Magna; allí se celebrará el evento protocolar de otorgamiento de títulos y se escuchará los discursos del Orador de orden y del estudiante con mayor rango académico. Patricia preparó un cuadro del grupo de amigos, se trata de un mosaico de fotos en paseos, en visitas a la bodega y en algunas clases, a cada uno le entrega un duplicado y, cuadro en mano, se toman la foto de cierre de esta etapa estudiantil. Es un momento muy emotivo, porque han consolidado una buena amistad. Mario decide retirarse, no sin antes regalar a cada uno de sus amigos un libro suyo autografiado en el que dedica estas palabras: «Con ustedes aprendí que la vida siempre nos regala la oportunidad de crecer como personas, la distancia generacional me ha fortalecido el espíritu, en el camino de la vida espero volver a encontrarlos. Su amigo Mario».

Para el acto de juramentación del nuevo Presidente, a Mario se le asigna la tarea de atender a los corresponsales extranjeros, por esta razón, se ubicará en el sector destinado a los medios, en el primer balcón del Palacio Legislativo en compañía de la familia del nuevo Presidente. El acto está programado para las nueve de la mañana, por tanto, debe estar en la sala a las siete con cuarenta y cinco minutos, mucho antes que los invitados especiales, para registrar los equipos de transmisión y cumplir los protocolos de seguridad. Desde las cinco de la mañana, Mario ha despachado cuatro entrevistas para medios internacionales que no estarán presentes en el acto, a ellos fundamentalmente, ha tenido que responder sobre cuál será el enfoque político y económico del nuevo gobierno y qué debe esperar la comunidad internacional y especialmente los inversores extranjeros del nuevo gobierno. Para esto, Mario y su equipo, tienen un patrón de respuesta pre-elaborado ordenado por el Director de Medios de la Cancillería.

Ningún mensaje a la comunidad internacional saldrá sin el tamiz diseñado. En las primeras de cambio, todo hace pensar que la fiesta se llevará en paz, en cualquier caso, los aspectos claves del próximo accionar del Ejecutivo solo los anunciará el nuevo inquilino o cuando él lo autorice. En muchos hogares se espera con inquietud el acto. Llegó el día, así que ¡luces, cámaras y acción! En el salón principal estarán ubicados los Jefes de Estado, un miembro de la corona española, miembros del cuerpo diplomático, los diputados, senadores, la cúpula del Clero y el alto mando militar. En el presídium, al centro se encuentra el Presidente del Parlamento, a su derecha inmediata se ubicará al Presidente electo, a su derecha extrema al Presidente saliente, a su izquierda inmediata ya se encuentra el presidente de la cámara de Diputados y a su izquierda extrema ya se encuentra la Presidente de la Corte Suprema de Justicia.

El protocolo del acto sigue este orden: el Presidente del Parlamento verifica con el Secretario del organismo el quorum reglamentario; constado el mismo se inicia la sesión, se designa una Comisión de parlamentarios para acompañar al salón central a los Jefes de Estado y de Gobierno, al Secretario General Americano y a su alteza real el Príncipe Enrique IX. Una vez ubicados, el Presidente del Parlamento pide al Secretario informar el objeto de la sesión del día, el Secretario expone que el único punto a tratar es tomar juramento de ley al Presidente electo de la República;

seguidamente, se designan comisiones para acompañar al presídium al Presidente electo y al Presidente saliente en su orden. Ya ubicados a la derecha, el Presidente del Parlamento da la bienvenida a los asistentes y emite un discurso político de quince minutos.

Cuando concluye el discurso, el Presidente del Parlamento toma el juramento al nuevo Presidente, el Presidente saliente le impone la banda presidencial y, le entrega la llave del Arca que contiene los archivos históricos del Acta de Independencia y las llaves del sarcófago del Padre de la Patria. Tradicionalmente, es un acto cargado de mucho simbolismo en el que la agenda es básicamente la misma para todos los Presidentes entrantes.

El Presidente del Parlamento se dirige al Presidente electo y le pregunta:

—¿Jura usted cumplir fielmente los deberes inherentes al cargo de Presidente Constitucional? ¿Jura usted cumplir y hacer cumplir la Constitución y las leyes de la República?

A lo que el Presidente electo desafiando el protocolo, responde:

—Juro ante esta moribunda...

Ana, quien estaba viendo la transmisión de la toma de posesión por televisión en compañía de su hermana Sor Luz María, casi se atraganta con las cotufas por lo que acaba de escuchar, exclama:

—¡Este hombre es de la patada! ¡Insolente! ¡Militar tenía que ser! ¡De paso lo aplauden! ¡Qué barbaridad!

Pero su hermana, desde su perspectiva religiosa, está más desconcertada, siente un escalofrío por todo su cuerpo, y exclama:

—¡Ave María protégenos de este ser! ¿Cómo puede invocar la muerte en un acto tan sagrado? —Apagan el televisor.

La mañana se torna gris, hay un ambiente muy pesado, es una sensación de extrañas presencias con energías muy negativas. La religiosa cree que algún tipo de conjuro se está invocando a esa hora en la Capital. Ana, que no sale de la incomodidad que le causó aquel señor, entra en confusión con lo que escucha de su hermana.

—¿Qué tiene que ver la política con la brujería? —le pregunta.

La hermana, que es Licenciada en Teología y Educación le hace rememorar la época en que iban al Colegio:

—Anita, ¿recuerdas aquella niña en el Colegio que tuvo problemas por el insólito comportamiento de sus padres que practicaban la santería? La del gorro blanco, la que escribía en sus cuadernos frases alusivas a la muerte ¿te acuerdas? Para entonces, ni la Directora pudo contener la obstinación de los padres de involucrar a la hija en esas tendencias. No he podido olvidarla, menos borrar aquel día en que la encontraron colgada en un árbol al costado del Colegio. En parte, eso influyó en mi decisión de consagrarme en cuerpo y alma a Dios.

Ana vuelve a sus recuerdos de adolescente y dice:

—¡Claro que sí! La mayoría le teníamos miedo, sobre todo cuando la «Mona» adquirió una extraña enfermedad que casi la mata, luego de burlarse del gorro blanco de esa niña. ¡Pero claro!, pudo ser simple coincidencia.

La hermana insiste en que no fue simple coincidencia, que cuando el espíritu es débil entran los demonios y se apoderan de él:

—Esa niña estaba poseída —le dice— y se supone que quienes debían protegerla la entregaron a esas fuerzas oscuras que mueven sus actos hacia el mal.

—Ana —continúa diciendo—, si indagas un poco más en los estudios teológicos y científicos sobre magia, brujería y religión, encontrarás información que te sorprenderá, más allá de la versión que los señala como movimientos protestantes.

La pregunta que quedó en el aire vuelve a la conversación:

—Anita, tú mejor que yo sabes que la política entraña luchas por el poder. En esa lucha se utiliza toda especie de armas y tácticas, la bula *Summis* de 1484, por ejemplo, advirtió de la incursión de muchas personas en actos satánicos desconociendo la fe católica, tales actos conllevaron la muerte de recién nacidos, animales y frutos de los árboles, proyectaron aflicción, tortura y sufrimiento por donde pasaron, auparon la ofensa a la divina majestad, perdieron el temor de Dios y, por tanto, se creyeron libres de cometer cualquier crimen o sacrilegio. Posteriormente, en el siglo XVI y XVII se desarrolló la conocida cacería de brujas y la inquisición, época que desde la óptica de los afectados, correspondió a la cacería de opositores o protestantes, pero que en el fondo, respondió a una lucha por el poder, por el dominio de una ideología, lo raro es que las formas empleadas para hacer valer los principios de la fe católica violaron sus propios mandamientos, como si el innombrable se hubiera apoderado de la mente de las autoridades públicas para repartir tortura y sufrimiento.

En este punto, Ana sigue sin entender la relación de todos estos elementos. La hermana continúa:

—Como sabes, en el poder ocurren cosas muy extrañas. Lo que terminamos de ver, claramente es una ofensa a la Constitución, pero más que una ofensa, parece la condena a muerte de una ideología. Recuerda que según la Constitución, el Estado se define católico, pero independientemente de que la modernidad conlleva la aceptación, respeto y convivencia pacífica de muchos cultos y religiones, la realidad es que este Estado es marcadamente católico. En la fe católica la muerte es el paso para la vida eterna, de hecho, Jesús nos dijo «*Yo soy la Resurrección y la Vida. El que cree en mí, aunque muera, vivirá. Y, todo el que vive y cree en mí, no morirá jamás*». Entonces, lo dicho por el Presidente no está alineado con la doctrina católica, es una declaración que desata los demonios de la destrucción, aniquilación, dolor y tristeza. Es más, él vino acompañado de muerte, dolor y tristezas, saltó a la fama sobre la sangre y angustia de mucha gente, llegó al poder con la Constitución que violó seis años atrás, ahora le dará la estocada final. De paso, le dan las llaves del sarcófago de un muerto insigne, después de hoy, preparémonos para ver cosas fuera de lugar en nuestra patria.

El tema se torna un misterio de grandes magnitudes, Ana se mantiene escéptica. Desde su óptica, lo que ocurrió en ese acto tiene otra connotación.

—Respeto tu posición —sentencia— puede que sí ocurran cosas imperceptibles para el pueblo, no obstante, lo que acaba de hacer este señor debe tener repercusiones legales. Entiendo que el ascenso a la Presidencia se sella con el acto de juramentación. La juramentación es un acto solemne de sumisión del Ejecutivo entrante a la Constitución y demás leyes de la República, es un acto que conlleva el compromiso de regirse por el Estado Democrático y de Derecho que ordena la Constitución, es decir, de respetar el sometimiento del Estado al Derecho. Luego ¿cómo puede considerarse formalizada la juramentación? Mira, el Presidente electo en tal acto condenó a muerte a la Constitución, por eso pienso que eso de jurar sobre la muerte de la Constitución es negar lo que representa, es anunciar su desconocimiento, por ende, el acto de jurar el cumplimiento a la Constitución no se materializó, entonces, el Presidente electo no puede ser considerado Presidente en ejercicio. Y, lo que es insólito ¡La Presidente de la Corte de Justicia no hizo nada!

Entre tanto, su hermana insiste:

—Anita, el conjuro ya fue pactado ¿Acaso no viste en las noticias de la semana pasada que el Presidente electo sostuvo una extensa reunión con magistrados de la Corte? Además, en las imágenes se vio en escena a Jorge Michel, un operador político de trasfondo, conocido también por su relación con espiritistas. Es que el innombrable se presenta de muchas formas, toma cuerpos, conciencias para lograr sus objetivos, tal cual reunión de brujas. ¡Que te lo digo Yo! ¡Esa gente no anda en cosas santas!

De pronto, las hermanas son interrumpidas por la madre. Es hora de ir con ellas al salón de belleza. Al día siguiente es el acto de grado y deben prepararse con todo para celebrar el gran día.

Los salones de belleza son a las mujeres lo que los parques de atracciones son a los niños. El salón de belleza es un lugar de distracción para numerosas mujeres del reino latino; allí dedican largas horas al cabello, al cutis, a las manos y a los pies, aunque al final del día alguno de los hombres de la casa pregunte «¿qué te hiciste?» Como si no te hubieras hecho nada...

En el salón también se encuentra Patricia con su mamá. Ana se ubica con Rey su estilista de confianza y su mamá, con Anastasia la nueva peluquera. Patricia y su mamá están con las manos y los pies dentro del agua tibia, luego rotarán a las peinadoras. Rey es un talentoso estilista que lleva un par de años atendiendo a Ana, evidencia su condición de gay cada vez que algún chico atractivo pasa delante de él, y bromea con los familiares masculinos de sus clientes insinuándoseles, cosa que casi siempre es asumida como un juego.

En este momento, el salón tiene una nueva asistente, Rey el Gerente les presenta a Anastasia y esta les responde con voz gruesa:

—Mucho gusto mi amor ¿qué deseas realizarte? Te puedo mostrar algunas propuestas.

La mamá de Ana queda sorprendida con el contraste. Anastasia es, al menos en apariencia, una mujer alta, delgada, de tez blanca, cabello largo azabache espectacular, perfectamente maquillada, a primera vista da la impresión de ser una modelo de revista, pero la verdad es que Anastasia es Miguel, un transgénero que se voló de su pueblo para vivir libremente su condición en la gran ciudad. Mientras Rey prepara el cabello de Ana, esta se dispone a averiguar la vida de Miguel entablando conversación con él:

—Anastasia, me encanta tu cabello, es cabello para propaganda de champú ¿qué te haces?

—Mi amor —le responde él— ni te imaginas lo que una hace para tener esta melena. Debo gastar en tratamiento hormonal, injertos de cabello, champú y tratamiento profesional.

Ana le expresa que imagina lo costoso que debe ser todo eso, pero él le dice:

—Sí, es costoso mi amor, pero todo lo paga mi viejito.

—¿Tú papá? —pregunta Ana.

Él le aclara que no, que es su marido quien le da esos gustos.

A medida que entra en confianza, Miguel va contando detalles de su vida cotidiana, de las medicinas que toma para transformarse físicamente, de la rutina de ejercicios, del tiempo que le toma maquillarse o depilarse, hasta que Ana le dice:

—Me llama la atención tanta disciplina para mostrar a un ser totalmente opuesto al que Dios dispuso que fueras ¿Por qué quieres ser mujer? ¿Sufriste algún trauma?

Él tranquilamente le aclara:

—No sufrí ningún trauma, esta cosa de sentirme mujer o querer serlo lo experimento desde que tengo memoria, probablemente desde los cinco años. Tengo grabado que odiaba la ropa de varón, que me vestía con los trapos de mis hermanas, que jugaba con las muñecas, que me pintaba y que no me gustaba el cabello corto. Mi papá apenas notó mis desviaciones me regaló a una señora que vivía en otro caserío, lo hizo como para no tener que verme. Esa señora fue todo para mí, ella siempre comprendió mi situación. ¡Ay! mi vida es complicada... Aquí me siento más tranquila, pero no quiero cambiar de sexo, adoro ser mujer, pero no cortaré mis genitales.

La madre de Ana la regaña por atrevida y averiguadora, sin embargo, eso no parece incomodar a Miguel, quien sonríe y avanza con delicadeza en el peinado de la señora. Ana, sin hacer mucho caso a su mamá, insiste:

—No entiendo Miguel, quieres ser mujer sin cambiar genitales ¿no te piensas operar? Perdona el atrevimiento, pero... ¿Cómo haces para esconder... tú sabes... el bulto? Supongo que mantener ese híbrido, afecta tus relaciones sexuales o ¿no?

La mamá muda de colores, siente pena por las cosas que pregunta la hija, pero Anastasia le cuenta:

—No pienso operarme, aunque me gustaría ponerme prótesis mamarias; si mi viejito las paga, me las pongo mi amor. Mi vida, hay cosas estrambóticas que les encantan a los hombres... Uno de mis fuertes es guardar mi miembro para esos gustos. Imagínate, cuando uso vestido no tengo tanto problema para esconderlo..., pero con pantalones es más difícil, utilizo cinta de embalar cajas y me lo pego hasta el fondo de la ingle. Al principio era incomodo, pero con los días una se acostumbra.

Bien dicen que «para ser bella hay que ver estrellas», Miguel debe ver algunas y sus clientes también.

Ya han pasado tres horas desde que Ana llegó al salón y le faltan como cinco horas. Al otro extremo, en el área de manicure y pedicura culminaron con la monjita y con Patricia. Ahora Patricia regresa con la peinadora para arreglo de cejas, colocación de pestañas y aplicación de maquillaje. La religiosa se despide, se va con su papá a la Iglesia. A Ana y su mamá las pasan para arreglarles las uñas de manos y pies con los cabellos envueltos en aluminio. Estas se disponen a conocer otras historias de vida. Patricia lleva una hora más en el salón, está que se desmaya del hambre. Rey ordena hamburguesas para todos, así, con esa carga de carbohidratos, vuelven a tomar impulso.

En la sesión que está por comenzar Patricia debe cuidar de no dañar la pintura de las uñas, le toca quedarse con los dedos extendidos por más de media hora. Ahora está en posición horizontal, le aplican tónico desmaquillante, seguidamente crema hidratante, retiran los excesos de humedad. Mientras absorbe la crema facial le perfilan las cejas: extraen con pinza pelo a pelo lo que está de más y aplican creyón para profundizar el color. Ahora usan sobre el rostro una base de arcilla o *pan-cake* para cubrir imperfecciones como marcas o manchas y, para darle uniformidad, le aplican polvo facial. De aquí pasan a los párpados y contorno de ojos: bordean el ojo con creyón blanco y luego con otro oscuro, aplican las sombras, colocan pestañas, ajustan color en el contorno de los ojos; colocan rubor en las mejillas, pintan los labios y, por último, rocían sobre el maquillaje un fijador para que el mismo dure un poco más de veinticuatro horas. En este punto, Patricia siente que le frisaron la cara con estuco, igual sigue ahí para que le recojan el cabello con tubos o rollos para ondular el peinado, se los dejará puestos hasta el día siguiente, antes de que salga el sol.

Las amigas salen de la jornada de embellecimiento a las siete de la noche. Más de seis horas duró el trabajo de mejorar su imagen. En casa, deben seguir las recomendaciones de los estilistas: no moverse mucho para no tumbar los tubos de la cabeza, no mojarse la cara para no dañar el maquillaje, no fregar trastes para no dañar la pintura de las uñas, en fin, será una larga e incómoda noche para las muchachas. Los vestidos están listos, la toga y el birrete en su lugar, la alarma está programada. Finalmente, toda la familia está en posición de descanso.

Suena la alarma, son las cinco de la mañana, el acto será a las ocho en el Aula Magna de la Universidad Nacional, deben salir a más tardar a las seis y cuarto para evitar los trancones.

Patricia casi no logró dormir cuidando los tubos de la cabeza, le duele el cuello, toma una ducha, tocan el timbre, su papá abre la puerta a Ricardo, su novio, quien los acompañará a la Universidad, la suegra le brinda un cafecito mientras tanto. Por accidente se riega el café en la camisa, le toca lavarla rápidamente y pedirle a Patricia cuando salga, que le pase la plancha. Patricia está casi lista, le faltan los tacones de diez centímetros, no encuentra los aretes, está desesperada por encontrarlos, toma la camisa de Ricardo empieza a planchar, se acuerda de los aretes, vuelve a buscarlos, olvida la camisa, huele a quemado ¡Nooo! la camisa de Ricardo se quemó. No tiene alternativa, deberá usar una camisa del suegro dos tallas más grandes. Son las seis y veinte, cinco minutos de retraso pueden ser fatales en una ciudad tan congestionada. Les agarra el trancón, están contra el tiempo, llegan a la Universidad justo a las siete con cuarenta y cinco directo al patio central, a formación para entrar al Aula Magna.

Con aplausos reciben los familiares, profesores y autoridades universitarias a los graduandos, se entona el Himno Nacional, el maestro de ceremonia lleva el orden del acto: primero serán los discursos, posteriormente, será la entrega de títulos y finalmente, se cerrará con el Himno de la Universidad.

Procede el maestro de ceremonia a anunciar la entrada del orador de orden:

—El Profesor Manuel Cesares, Doctor en Ciencias Políticas, Magister en Geopolítica, Especialista en Relaciones Internacionales, profesor invitado en la cátedra de asuntos latinoamericanos de la Universidad de Kukenan, distinguido miembro de la Academia, autor de los libros «Gobierno global», «Alternativas de Gobernanza Mundial», «Democracia y Economía» y titular de las cátedras Control Social, Geopolítica y Conflictos Internacionales, con ustedes, el Doctor Manuel Cesares.

Los aplausos lo siguen hasta el pódium. Ya, frente a la audiencia, se ajusta el corbatín como de costumbre, hace un gesto de reconocimiento y pronuncia:

—Muchachos ¡Prepárense para la emboscada! Muchas gracias —extiende su mano y se despide.

Ese discurso, si es que así se puede llamar, viniendo de un Profesor tan destacado no es cualquier cosa. Él debe saber algo que la audiencia no, sin duda es una advertencia expuesta a múltiples interrogantes..., ha dejado perplejo al público, seguramente lo que ha dicho sintetiza algo muy complejo de explicar y que solo el tiempo se encargará de revelar. De igual modo, es despedido con aplausos para continuar con el acto.

V
Asalto a la Miss

Para muchos, transitar de la vida de estudiante a la de profesional puede resultar traumática. Algunos dirán que la Universidad no los preparó para el mundo real, que el país no valora a los profesionales, que es duro encontrar trabajo sin tener personas influyentes dispuestas a colaborar, sin embargo, el reto es adaptarse o quedarse pegado en el aparato. Justo ahora, Ana y Andrés se encuentran para entregar hojas de vida en varios Departamentos de Recursos Humanos de instituciones públicas y privadas, revisan los clasificados y los avisos de convocatoria a concurso de cargos en la Universidad. No encuentran muchas alternativas, llaman a personas allegadas a su familia para intentar conectarse con alguna empresa estatal u organismo político internacional, todos afirman que será muy difícil ayudarlos, porque esos cargos requieren compromisos políticos y una militancia roja comprobada. Esto les causa tristeza, porque nunca militaron en movimientos estudiantiles y menos de izquierda, en sus convicciones el logro debe obtenerse a través del mérito, así que seguirán buscando con la esperanza de que no todos los empleadores manejen los mismos criterios de admisión.

Al siguiente día, deciden separarse para la búsqueda de oportunidades. Tal vez tengan mejor suerte. Andrés hace un recorrido a pie por varias

Embajadas latinoamericanas, en total deja ocho hojas de vida, pero en ninguna le prometen nada; entonces, sigue caminando hasta llegar a la Casa Amarilla donde trabaja Mario, allí le notifican que está de viaje, que le deje un mensaje y que tan pronto regrese se lo harán llegar. En efecto le deja un mensaje: «Amigo he venido a saludarte, por favor devuélveme la llamada, tengo noticias y algunas cosas que tratar contigo con urgencia. Saludos, Andrés Vargas». Previamente, lo había llamado varias veces y no había logrado comunicarse. El calor de la Capital es sofocante, el cansancio se hace evidente y los recursos para Andrés se agotan, está a punto de colapsar.

Por su parte, Ana se va directo a la Secretaría de la Universidad para buscar información de los llamados a concurso de oposición y así optar a un cargo de docente en su Facultad. Consigue algo, pero en la Escuela de Derecho, en una cátedra de Arbitraje Internacional. No es lo ideal, pero es mejor que nada, aunque la asistente luego de darle la información, le asegura que todos los concursos ya tienen ganador porque generalmente, se trata de convocatorias que se hacen para normalizar la situación laboral de profesores previamente contratados, así que, concursar bajo esas condiciones puede resultar difícil y chocante.

Lo dicho le cae como una patada en el estómago:

—Debería tener un poco más de respeto por la gente y cuidado con lo que dice —le reclama a la señorita— prácticamente usted está insinuando que los concursos son amañados, que la corrupción los ensucia ¿A quién representa? Acaso ¿es mensajera de los que compran el concurso? ¡Mucho descaro! Pues, ¡sepa que concursaré, tengo derecho, este es un concurso público!

La secretaria le responde:

—¡Cálmese!, mi única intención fue advertirla de las cosas que se dicen de esos concursos. Claro que tiene derecho a concursar, pero luego no diga que nadie le avisó.

Ana se ve descompuesta, toma la información y se dispone a buscar los documentos que piden para inscribirse en ese concurso.

Han transcurrido tres meses desde que los recién graduados están buscando trabajo. Andrés ha asistido a entrevista en dos ministerios en los que fue rechazado por no pertenecer al partido boina roja, y va camino a la Plaza Central a encontrarse con Ana; ella lo ve en el césped bastante agobiado, no es para menos, a estas alturas debería estar generando ingresos propios. Andrés dejó de recibir ayuda de sus tíos, primero, porque obviamente ya se graduó y, segundo, porque ahora quien merece auxilio es su abuela, quien está delicada de salud.

En mejores condiciones está Ana. Todavía obtiene mesada de sus padres, que además complementa elaborando dulces caseros y vendiéndolos a varias panaderías, ella entiende que debe lograr independencia financiera cuanto antes, y por esa razón, está viendo en el emprendimiento una alternativa.

Se sienta junto a Andrés, pero está tan ensimismado que ni siquiera saluda a su compañera.

Ana lo reconforta:

—Te traje una muestra de los postres que estoy elaborando, espero te guste. Imagino que estás preocupado por no tener empleo, tal vez debas probar con la Universidad, si quieres te acompaño a tantear opciones ¿te parece?

Andrés se levanta, empieza a caminar de un lado a otro, se detiene frente a ella y le dice:

—Son tantas cosas las que tengo en la cabeza que voy a explotar, ¡nada es como pensé, todo es tan complicado!..., no sabes si colgar el título o guardarlo en un baúl. A este país no le interesa un profesional de nuestra área, cualquier chupamedia se ocupa de las políticas públicas. ¡Me ofende que me pidan carnet del partido tal o cual, antes que ni el mismo título! He llamado muchas veces al Gaucho, pero no responde y los otros posibles contactos no dan esperanza de empleo, entonces, no sé qué hacer y para colmo, las cosas en mi casa no andan bien... Sinceramente, ¿quién puede estar preparado para el mundo real después de la Universidad? Muy pocos, tal vez los más viejos o los hijos de familias pudientes, para el resto, el camino es largo y culebrero.

Ana, conmovida, le pregunta sobre la situación en su casa. Él vuelve a sentarse y con lágrimas en su rostro, le confiesa:

—Mi abuela está muy enferma, no he podido ir a verla porque no tengo dinero para viajar... De paso, mi novia está esperando un hijo mío, con un embarazo de alto riesgo.

Verdaderamente, es un pésimo escenario, Ana le dice:

—¡Lo siento! No sabía que estuvieras tan enredado ¡ups! ¿Cómo no planificaron? Supongo que la familia la puede ayudar...

—¡Supongamos que no! —responde Andrés.

Poco a poco se vuelve más tensa la conversación, Ana no comprende y exclama:

—¡No puede ser! Pero, ¿cómo no van a ayudarla? ¿Más aún en un estado tan complicado?

Andrés le asegura que ese apoyo no lo tendrá entre otras cosas, porque es huérfana y quien le sostuvo los estudios no puede seguir ayudándola más:

—Mi novia está tan sola como yo. Ella perdió a sus padres en un accidente, yo no los perdí, ellos me abandonaron. Mi madre se fue de la casa cuando yo era un bebé y mi padre me entregó a mi abuela. Aunque vino algunas veces a verme, eso no tuvo relevancia, mi único soporte familiar ha sido mi abuela. ¡Ahora ella me necesita y ni siquiera puedo acompañarla!

No es cuestionable que los problemas pongan a ciertas personas en situación tipo túnel, porque ciertamente, llega un momento en el que la mente se nubla a tal punto que impide visualizar la salida o las que, presume, son salidas inadecuadas; en este instante Andrés está al borde y su amiga lo sabe. Por ello lo anima a seguir adelante buscando otras alternativas de empleo, tal vez pueda hablar con Rubén u otros amigos a ver qué consigue.

—Amiga, —le responde Andrés—, ¡es que ya no tengo ni para comer!, ¡me tocará robar, estoy desesperado!

Ana le impide avanzar en ese argumento, y le replica:

—Entiendo tú desespero Andrés, pero no puedes caer en el juego del Presidente loco que tenemos, eso va contra tus principios, contra los mandamientos, contra la Ley, ¡olvídate de eso, cancela ese tipo de pensamientos!

Ambos permanecen un rato en la Plaza Central evaluando acciones para encontrar ingresos. Frente a la Plaza funcionan las oficinas de la Alcaldía Capital. El Alcalde es un político formado en el partido blanco con tienda aparte desde hace pocos años, no obstante, para el oficialismo sigue siendo del partido blanco o, dicho de otro modo, según el discurso gubernamental, «el que no esté con él, está en su contra» y estos, no solo no están con él, sino que están en contra de él, entonces, son sus enemigos y son tratados como tales.

Al fondo, Ana y Andrés están avistando que se aproxima una muchedumbre con banderas rojas, pancartas y carteles que pide freír la cabeza de los blancos, petición que responde a las palabras del Ejecutivo en sus largas y ya frecuentes cadenas de radio y televisión. Por lo que se aprecia, el pueblo obediente va por las cabezas de los blancos que dirigen la Alcaldía. De pronto, los jóvenes quedan en medio de la turba de gente roja que grita consignas a favor de una revolución, contra el imperio y los oligarcas; en los insultos les acusan de ladrones, corruptos, abusadores, enemigos del pueblo, desgraciados, sucios, hijos de putas, coños de su madre, mal paridos, etc.

Poco a poco se caldean los ánimos, de la violencia verbal se pasa a la violencia física, empiezan a bolear piedras contra la Alcaldía y su gente, pese a que desde esta, salen algunos funcionarios para mediar. Los rojos no se dejan hablar, al contrario, les insultan y les empujan, lo que desata un enfrentamiento a puño limpio con los manifestantes, varios se meten en la trifulca para defender o salvar su barra, patadas van y vienen, cachetadas, manotazos, vuelan los carteles... Hasta que sorpresivamente, se escuchan disparos desde la Plaza. En medio de la confusión la gente corre, se esconde, los negocios cierran y muchos huyen del lugar. Para cuando la policía trae el contingente de defensa, los pistoleros han desaparecido dejando dos heridos de bala.

Más tarde, según el reporte oficial del Ministro de Relaciones Interiores, se hace público que los sucesos de la Plaza Central fueron provocados por agresiones ilegitimas de funcionarios de la Alcaldía contra una manifestación pacífica de simpatizantes oficialistas, que marchaba en apoyo a la reforma constitucional; explica que los heridos de bala fueron causados por el excesivo uso de la fuerza por parte de funcionarios de la Policía que esa misma Alcaldía dirige, heridos que afortunadamente, se encuentran fuera de peligro.

Ana no puede creer lo que está escuchando. Si no hubiera sido testigo presencial del salvajismo de los rojos contra los blancos, estuviera —como muchos— comiéndose el cuento, estaría asumiendo que los blancos están haciendo todo lo posible por sembrar el terror sobre la tal reforma. Entonces llama a Andrés y le pregunta si está viendo lo que ella, él le dice que sí, que no sale del asombro, que aún tiene la tembladera en las piernas por el susto y por todo lo que corrieron en la tarde. Ana le expresa:

—Si lo analizas literalmente, el ambiente se tiñe de rojo, siento un mal presagio... Estoy empezando a encontrar sentido a las palabras de mi hermana de aquel día antes del grado.

Al otro lado del auricular Andrés está intranquilo, quiere saber de esa conversación, pero Ana prefiere hablar de ello en otra oportunidad, quiere seguir viendo el noticiero. Continúa el informativo. En la sección de sucesos, el Director Nacional de la Policía de Investigaciones (DNPI) señala que las denuncias sobre el robo del dinero para el rescate de la ex Miss Gina Vulton, por parte de uniformados de la Guardia está bajo investigación; mientras tanto, anuncia que ha nombrado una Comisión especial encabezada por Gustavo Chaparro para determinar el paradero y los responsables del secuestro de la joven, quien lleva sesenta y tres días desaparecida, desde que fue interceptada por personas encapuchadas a la salida del Aeropuerto Internacional. En el acto, Ana se acuerda del vecino de la casa paterna del Llano, y de otros ganaderos de esa zona que llevan meses secuestrados; los medios no los recuerdan ni tampoco las autoridades, y piensa: «claro, como los campesinos no tienen corona, ni amigos en el canal de la Colina o en el canal del León, quedan a la suerte de Dios».

Si se toma en cuenta el liderazgo que este país posee en cuanto a concursos de belleza, no sería extraño que el asunto de la señorita Gina se explote al máximo para ganar audiencia, sobre todo de parte del canal de la Colina, dueño de la franquicia del concurso nacional de belleza, evento este que no solo selecciona a la mujer más bella que asistirá al concurso universal del año siguiente, sino que es una importante plataforma en el negocio de los espectáculos musicales, artísticos, de diseño de modas, cosméticos y líneas de cuidado personal, entre otros. Las jóvenes que alcanzan un cupo en el certamen nacional, aunque no obtengan un puesto clasificatorio, tienen amplias posibilidades de continuar carrera artística en dicho canal. Muchas niñas sueñan con llegar a la Quinta de la Belleza, aunque para eso tengan que pagar y re-aprender cosas elementales como caminar, peinarse, vestirse o hablar, el año que viven en la Quinta lo utiliza la organización para moldear la figura de las chicas, perfilar la sonrisa, enseñar cultura general, maquillaje y modelaje.

La señorita Gina fue la primera finalista del concurso de este año, lo que la coloca a un puesto en la línea de sucesión al trono en caso de falta absoluta de la Reina. Esa condición la obliga a cumplir un estricto programa de cuidado personal, de estudio y contacto con los medios, por lo cual es la imagen de varios comerciales como el de una línea de tratamiento para el cabello, el de una empresa de seguros y el de una marca japonesa de vehículos que se ensamblan en el país. Es estudiante de periodismo e hija de un poderoso de la industria farmacéutica; dicho empresario fue financista de la campaña a la presidencia del líder rojo por recomendación del amigo de ambos, el Teniente Coronel en situación de retiro Gustavo Chaparro, ahora Sub Director Nacional de la Policía de Investigaciones. Esta amistad viene de cuando Gustavo estaba destacado en la Aduana Principal de Chira y supervisó en más de una ocasión, la exportación de productos de su industria.

Como es de esperar, el amigo Gustavo hará todo lo posible por encontrarla sana y salva, aunque la familia desconfía de las autoridades como casi todas las familias de secuestrados en el país, no solo porque es una petición de los captores quienes lo ponen como condición para mantener con vida al cautivo, sino porque las autoridades, en relación de fuerza, están en minusvalía o contaminados de corrupción. La familia de Gina ya es víctima por partida doble, porque cuando todo estaba cuadrado para entregar a los captores la maleta con el dinero del rescate, los funcionarios de la Guardia —encargados de la misión— cambiaron la maleta por otra llena de papel y se perdieron con el dinero. Esto ha complicado la situación, visto que el móvil que se maneja es que se trata de un secuestro extorsivo, pues la finalidad es obtener una alta suma de dinero por la liberación de la Miss.

A propósito de la animadversión hacia la Guardia, se está a la expectativa de la supuesta eliminación de la misma, ya que es una fuerza ampliamente cuestionada por la población y por las otras unidades armadas; sin embargo, la amenaza de supresión solo ha quedado en la retórica, dada la campaña oficial de formar una alianza cívico-militar para manejar asuntos de interés nacional y, por la necesidad de incorporar a su causa electores uniformados, a quienes se les reconocerá en la reforma constitucional, el derecho al voto. Esto, sumado a limitaciones para los partidos políticos y la iglesia católica; la eliminación de las dos cámaras del Parlamento; la ampliación de atribuciones al Presidente; la extensión del poder público nacional y los controles a la propiedad privada, causan ruido entre los opositores y temor entre los inversores. Pese a ello, nada parece detener la aprobación de tal reforma, dado que, a doscientos cincuenta días de ejercicio en el poder, la mayoría del pueblo sigue seducido por su salvador.

Falta un mes para el referéndum constitucional, son días de campaña por el SI y por el NO respecto al nuevo texto. Como nunca antes se nota por las calles mucha tensión, especialmente porque el Presidente hábilmente ha sembrado la división del pueblo entre ricos y pobres, aunque en definitiva, es la división entre los que están con él, de los que están contra él, haciéndose así, de un capital electoral que se conforma con cualquier cosa, así sea alimentar su espíritu vengador. De otro lado, los partidarios del NO, entre ellos varios empresarios, emplean recursos en sondeos de opinión, encuestas sobre preferencias populares y estudios de proyección económica para tratar de persuadir a la población votante por el NO y para anticiparse a los escenarios post reforma. Es una buena época para la Consultora Nuevo Siglo de José Enrique y también una oportunidad de trabajo para Andrés, quien, hasta el momento solo ha estado a cargo de administrar el taxi que Rubén le encargó, luego de mudarse a Chira.

Sobre la mesa de trabajo, José Enrique y Andrés, tienen las encuestas oficiales sobre la preferencia del voto para el referéndum, en ellas se enuncia que, en sectores populares correspondientes a estratos D y E con significativo tamaño electoral, apuestan por el SI, mientras que, en los estratos B y C de clase media y media alta, la tendencia se polariza marcando distancia con el estrato A de clase alta, hacia la tendencia negativa. José Enrique debe realizar un nuevo sondeo bajo estricta observancia de normas metodológicas, a fin de contrastar con los datos oficiales y presentar a sus clientes propuestas para influir en la intención de voto. Sin embargo, Andrés cree poder extraer algunas conclusiones preliminares que sirvan para ir adelantando acciones estratégicas en ese sentido, por ello explica:

—Si analizamos el porcentaje de participación de los estratos D y E en las últimas elecciones en función del tamaño electoral y su preferencia oficialista, la probabilidad de que gane el SI es alta, además, juega en contra del NO la división del sector opositor, el nuevo juicio a CAPIZ, las investigaciones abiertas a varios gobernadores anti oficialistas y los programas de ayuda social a personas de la tercera edad y madres cabeza de familia. No está fácil revertir la tendencia, pero se puede intentar algo desde ya.

Debe admitirse que durante mucho tiempo los propios variopintas opositores han hecho todo lo posible por ganarse el desprecio de la población, lo cual ha sido capitalizado por los medios de comunicación masiva en dirección a una nueva apuesta política anti-partidista representada por el líder de la boina roja; por esta razón, las empresas de comunicaciones más importantes del país le dieron amplio espacio publicitario, le prestaron aviones, le regalaron trajes de diseñador, le pagaron hoteles, le prestaron carros blindados, le buscaron asesores de imagen, en fin, todo cuanto necesitó el candidato para ganar la Presidencia. Total, era algo que ya habían hecho en otras ocasiones, de modo que, para no perder la costumbre, lo aconsejable fue apostar a ganador y así garantizar viejos privilegios como imponer su Ministro de Comunicaciones.

Lo que no se esperaban los medios era que su pupilo les desobedecería y ahora sienten el temor por las amenazas del rebelde en el poder. Esto juega a favor de contar con un sector de influencia en la intención de voto, he aquí un motivo para iniciar una campaña que revierta la tendencia del SI. En este punto, José Enrique cuestiona a Andrés:

—No creo que se pueda hacer algo. Los interlocutores de la oposición están muy desprestigiados, la población ve con mejores ojos lo que les proponga una prostituta que un político de esos, así que explícame ¡¿cómo se puede desinflar esa ilusión?!

Andrés le aconseja:

—Hermano, lo primero, si queremos ganar, es asumir actitud de ganador, comprendo tu inquietud, pero no podemos quedarnos paralizados, queda muy poco tiempo y mucho por hacer. Lo que se está planteando no es una simple reforma constitucional, es el cambio de un sistema de vida socio-político y económico por otro que ha fracasado en otros países. ¡He aquí el *quid* de la cuestión!

Pese a los altibajos socio-económicos, este país estaba en la continua búsqueda de un mejor vivir, y como se quiso alcanzar la calidad de vida de los norteamericanos o europeos con el mínimo esfuerzo, entonces la cultura del gasto fue apoderándose del ahorro y de las inversiones productivas de mediano y largo plazo, y el ciudadano se hizo más individualista, materialista y/o dependiente de las dádivas del Estado, aunque eso perjudicara el futuro de todos. En realidad, era un círculo vicioso engendrado por los caudillos y terratenientes desde antes de la primera República; de esta manera, las particularidades criollas en el manejo de la cosa pública no necesariamente concilian con los principios filosóficos marxistas que inspiran la propuesta de reforma del sector oficial. Para que esto ocurra, el pueblo tendrá que desaprender lo que lleva en la sangre patriótica de más de dos siglos y aprender lo que trae el nuevo socialismo rojo, a ver si desmontan el viejo dicho de que ¡loro viejo no aprende a hablar!

A la Consultora Nuevo Siglo le corresponde orientar a ciertos actores en un momento de crisis, no es fácil tomar decisiones cuando la inseguridad es alta, por eso Andrés plantea:

—Sabemos que la reforma conlleva un alto riesgo para varios sectores, pero el empresarial que nos contrata, no puede dejar sus maniobras en piloto automático o a modo de *laisser faire, laisser passer,* porque las pérdidas económicas pueden ser infinitas. Nuestra proposición debe ir más allá de la reforma, pues con o sin ella, las amenazas para la inversión privada se mantendrán. Tengo claro que los actores políticos no son, en este momento, los mejores interlocutores, en este caso lo aconsejable será utilizar a los mismos empresarios y adaptar la narrativa publicitaria a la opción del NO. Me explico: por un lado, apuntamos la atención hacia nuevos líderes «creíbles» y, por otro lado, desmontamos el producto del SI mostrando los fiascos que tales programas han dejado en otros países y publicando que con el NO también se gana, se gana porque se evita riesgos peligrosos para la salud socio-económica del pueblo.

Como a José Enrique ciertas cosas del planteamiento de Andrés no le quedan claras advierte:

—Supongamos que optamos por la vía que tú presentas, pero ¿has pensado en cómo jugar con la popularidad del líder reformista? Porque atacarlo puede ser un tiro por la culata, podemos salir heridos en este proceso.

Habida cuenta del discurso oficial la situación planteada es de conflicto, al menos así lo percibe Andrés, quien argumenta:

—A estas alturas el juego que nos toca jugar es de guerra. El líder rojo lo hace saber a cada rato, por lo tanto, será inevitable salir herido en este juego, pero vamos por pasos: en este instante, lo que importa es ver «que el amor y el miedo no pueden existir juntos». Si amas al líder no debes temerle, porque si le temes no lo amas, no le tienes confianza ni le tienes fe. Lo mismo ha de ocurrir con el producto que nos quiere vender, un producto que originalmente no es de su autoría y cuyos antecedentes son perversos. Lo que planteo es atacar sutilmente al líder por los trasfondos, por los autores originales y por los expedientes de la vida real; el propósito será sembrar en la conciencia del elector el temor hacia ese proyecto de reforma, fijar su preocupación dentro del código binario de morir o salvarse, con el NO les estamos salvando de un peligro y de paso utilizamos interlocutores fiables.

Se dice que el líder colorado cuenta con una sala situacional que analiza la psicología social de su pueblo. Es una especie de laboratorio donde se fabrican discursos, intrigas, noticias falsas, medias verdades, se editan videos, se adulteran fotos, en fin, la leyenda urbana cuenta que desde allí asechan por los rincones, montan sombras a sus enemigos —vengan de donde vengan—. Al parecer, todo este aparataje rueda con ayuda externa de otros revolucionarios del mundo (isleño-caribeños, colombos y orientales) dispuestos a consolidar una alianza intercontinental antimperialista bajo el auspicio del país de las mises. Verdaderamente pocos creen en estas leyendas, la mayoría está convencida de que nada de eso es posible en esta tierra bendita, que una alianza con personajes tan mal-afamados sería una raya inaceptable e incómoda para los vecinos, que el país jamás será como aquella isla empobrecida de los hermanos Astro.

La esperanza de que tal supuesto nunca se materializará juega en contra del NO, porque la gente no se preocupa, no se llena de temores y, por ende, no acciona para evitarlo. He aquí el problema de la abstención, la abstención juega a favor del SI y es probable que suba para el referéndum, en consecuencia, es otra variable a considerar en la campaña. A esta tarea se suman reconocidos medios y periodistas nacionales, quienes amplían los espacios para la intervención en programas, entrevistas o set de noticias a los directivos o presidentes de consorcios comerciales, de fabricantes, de gremios, de la Iglesia y de Organizaciones No Gubernamentales a los fines propuestos por el NO, de este modo se van decantando como sectores críticos al Ejecutivo. La luna de miel del líder rojo con los medios tradicionales llega a su fin.

VI
Madre naturaleza

Llegó el momento decisivo, son las cuatro de la tarde y las urnas electorales están por cerrar. Lleva cuatro días lloviendo en gran parte del país; la Capital está nublada y fría, los informes meteorológicos advierten continuidad en las precipitaciones por las próximas veinticuatro horas. Desde temprano, el clima tan sombrío sobre el Litoral Central, Güira y los sectores aledaños, ha retenido a la población en sus casas. Desde hace varias horas los Bomberos han estado solicitando declarar en emergencia las zonas indicadas, por peligro de deslave y desbordamiento de ríos. Los noticieros a su vez, han extendido la petición a las autoridades para proceder al desalojo de habitantes en zonas bajo peligro, no obstante, ningún funcionario del tren ejecutivo ha dado respuesta hasta el momento. Los noticieros transmiten en simultaneo, la jornada electoral y la situación de peligro de los güirenses, pues como ha mostrado el cuerpo de bomberos, hay derrumbes importantes que afectan la estabilidad de muchas residencias y carreteras.

Definitivamente, las lluvias han intervenido para frenar la participación electoral. Cerca del mediodía en la zona central del país ya no se ven electores en los centros de votación, las *exit poll* informan que la abstención subió del 37% al 49% aproximadamente, es decir, que en comparación a la participación que se dio para elegir a los constituyentes ha habido un descenso que abarca desde un 63% hasta un 51%. Son datos que seguramente abrirán la discusión sobre temas como la legitimidad de los resultados o las condiciones jurídicas para realizar reformas originarias. Pese a que el proceso está a media hora de su culminación, es difícil predecir que, en treinta minutos, pueda elevarse significativamente la asistencia.

Tales reportes alarman al Presidente, quien procede a encadenarse para motivar la operación remate electoral. En la misma manifiesta:

—¡Camaradas, los invito a trasladarse a cada barrio, a cada casa, debemos tocar la puerta del vecino que no ha votado y acompañarlo a que lo haga! ¡Es un compromiso con la Patria! ¡No importa la lluvia! ¡No importa la naturaleza!, porque..., si esta se opone... ¡Lucharemos contra ella!

Ni que fuera edecán del Señor Dios Todopoderoso para mandar sobre la madre naturaleza, ni por más que coloque un par de cubiertos cruzados en la azotea de su casa cesa de llover, el cielo parece desbordarse. Irónicamente el temor para la población bajo amenaza de inundación, es perder la vida o perder su hogar. Tal escenario era impensable en la campaña.

A esa hora es absurdo salir, hay un diluvio en desarrollo, las calles parecen ríos, las alcantarillas y cloacas están desbordadas, el agua arrastra todo cuanto encuentra a su paso, la ciudad Capital está colapsada. Güira y el Litoral Central están en alerta máxima, algunos bordes de la calzada que comunican a la Capital con estos municipios se han caído, hay muchas piedras rodando u obstruyendo la vía, además, el viento sopla con extraordinaria fuerza al punto de levantar techos, árboles y cables de alta tensión o telefonía. Verdaderamente, es imperioso actuar para tratar de minimizar las consecuencias de un desastre natural en ciernes.

Por lo visto, el interés central del oficialismo está lejos de lo que acontece en Güira. Una vez que la autoridad electoral emite el boletín oficial con los resultados del referéndum que dan por ganadora a la opción del SI, el autor de la iniciativa celebra el triunfo en un balcón e informa al electorado que pronto será convocado para relegitimar los poderes públicos, es decir, el señor se auto regala un año en el poder.

En el salón de reuniones de la Consultora Nuevo Siglo, José Enrique y Andrés revisan la situación, José Enrique afirma:

—¡Este personaje lo tiene todo fríamente calculado! El próximo proceso tiene una nueva masa electoral, los militares están bajo su mando de modo que hará todo lo posible por garantizar ese voto y el de sus empleados públicos. Sabe que estos excesos tienen un costo político, por eso los adeptos que pierda los suplirá con uniformados. Lo peor es que la ignorancia es atrevida, mucha gente vota a ciegas, está hipnotizada o poseída.

A esto le agrega:

—Es que la mayor participación no es equivalente a mayor democracia, si así fuera declararían ilegales las elecciones. El personaje juega hábilmente con la emocionalidad de todo el mundo, su aspiración personalista la disfraza con la idea de la participación popular.

Los interrumpe una llamada del Presidente de la Ensambladora Yota, la marca de carros que promociona la Miss secuestrada. Esta empresa contrató varios sondeos y proyecciones a propósito de los cambios políticos latentes para el país de las mises; en ellos se evidenció la tendencia popular a seguir las iniciativas comunistas del líder rojo, entre ellas, la conversión de la propiedad privada a propiedad social, por ello, la preparación de comunas, sindicatos, cooperativas y colectivos. El ejecutivo de autos propone a José Enrique una reunión urgente para evaluar ciertas acciones a efectos de continuar en el territorio nacional. Coordinan la reunión para el día siguiente, a primera hora y cuelgan. José Enrique prosigue:

—El nerviosismo post reforma comenzó a incidir en las decisiones económicas del sector privado ¿será exagerado actuar como si se viniera una catástrofe económica?

Andrés quien es un poco más optimista, señala:

—No creo que se venga una catástrofe económica. Este país tiene las mayores reservas de oro negro del planeta, produce 3.5 millones de barriles diarios y con su precio en alza, produce y exporta energía eléctrica a los países vecinos. Tiene una considerable red de fábricas, produce plátanos, café y chocolate con calidad de exportación. La inversión privada en telecomunicaciones es amplia, las Universidades Nacionales se mantienen entre las cien mejores de Latinoamérica, ostenta las mujeres más hermosas del planeta; en fin, dificulto que el país llegue a situaciones extremas.

Es verdad —añade— que sugerí sembrar temor en torno a la reforma, pero, ¡no es para tanto! Espero que los ciudadanos demuestren arraigo por las cosas buenas que nos dejaron los cuatro lustros anteriores, porque no todo fue malo como lo quieren hacer ver los boina roja. ¡Tú sabes que es una percepción sesgada!

Aunque ese arraigo puede tomarse como identidad nacional, las reacciones pueden ser distintas a las esperadas por Andrés. Históricamente, sobran pruebas de traiciones, intrigas y divisiones..., la más reciente giró alrededor de la injusta destitución de un Presidente de la República que alguna vez fue amado. Entonces, si la identidad remite a valores y anhelos comunes cimentados a lo largo del tiempo, la reforma dispone desmontar algunos de sus símbolos, como cambiar el nombre del país porque el anterior es muy chic para el gusto de un comunista, cambiar la posición del caballo en el Escudo, sumar una estrella a la bandera o eliminar celebraciones patrias e imponer unas nuevas. Indudablemente, se quiere romper con el pasado y con la supuesta unidad que presume la identidad nacional.

A lo expuesto por Andrés, José Enrique le añade:

—La gente está expuesta a la información sesgada del sector oficial, las cadenas son más frecuentes y extendidas, la distorsión de la realidad es cada día mayor, sobre todo en la condena hacia el sector privado. ¡Claro que eso tiene un trasfondo político!, pero con consecuencias económicas impredecibles para el sector productivo. Los empresarios querrán saber cómo deben manejar a partir de hoy sus relaciones con el gobierno, con los trabajadores y con el entorno social..., tendremos trabajo.

Durante la noche y parte de la madrugada las lluvias se intensifican, se ha perdido la comunicación por vía terrestre con Güira y el Litoral Central. Vastos sectores han quedado sin servicio eléctrico y sin líneas telefónicas, para el momento no se tiene noticias de la población en riesgo. Por la radio se está informando de un deslave de gran magnitud en pleno corazón de Güira, por lo que se presume que arrastró múltiples viviendas con sus moradores dentro; las pérdidas humanas son incuantificables y el peligro sigue vigente porque aún no deja de llover. La noticia del día es la tragedia de Güira. El drama es inmenso. Nadie puede reconocerse ni reconocer el lugar.

Entonces retumba el sonido del río bajo el manto gris del cielo costero. Domina el olor a humedad mezclada con la fetidez de animales y cuerpos en descomposición. Montículos de barro y escombros esconden la ciudad. Las almas deambulan en busca de sobrevivientes, muchos lloran en su andar, sobran los rostros desencajados e inconsolables al filo de la muerte. Hondas puñaladas al corazón del que perdió a su ser amado. Gritan las madres desesperadas por sus hijos, hijos sin padres desorientados buscando abrigo. La playa es ahora un cementerio flotante. Todo es tan confuso que no se sabe por dónde empezar el rescate. Por estos lados solo Dios y los hombres de casco amarillo prestan sus manos al auxilio, por allá los de rojo ni se han asomado, vendrán cuando les convenga para levantar sobre ella otra historia de ficción con promesas eternas al olvido.

Peter intenta comunicarse con amigos del liceo. En la cuadra de su antigua casa no hay señal telefónica, por otras personas se entera que esa calle ha quedado tapiada de escombros. No puede evitar la tristeza y el llanto que le produce la pérdida de los amigos del barrio, los de andar en bicicleta o jugar a la pelota cuando eran adolescentes. También le pasan por la cabeza imágenes de la familia que compró su casa paterna. De cómo pudo ser su muerte en tan angustiosa noche, también ve la imagen de tantos jóvenes, niños y ancianos desorientados en el lugar, pero definitivamente, le reconforta no engrosar la lista de víctimas de Güira. De inmediato se dispone a colaborar en la búsqueda de alimentos, insumos médicos y varios elementos que se requieren para ubicar temporalmente a los damnificados en canchas, colegios o campamentos. Los medios de comunicación están haciendo llamados de auxilio para ayudar a los damnificados. Varios gobiernos han ofrecido ayuda en las operaciones de rescate, pero el líder rojo en ese minuto en cadena —otra vez— rechaza el ofrecimiento que hacen, según él, los imperialistas, y acto seguido, acepta la oferta de los hermanos Astro —los dueños de la isla empobrecida— y autoriza el ingreso de personal médico-sanitario y de salvamento.

Ana y su hermana Luz María se encuentran en la misa de las cinco de la tarde de ese lunes en el Colegio Sagrado Corazón de Jesús. En el sermón el Cura alerta:

—¡Es un pecado idolatrar a un mortal como si fuera Dios! ¡También es un pecado retar a la naturaleza, porque con ello se reta a Dios! ¡Solo el innombrable reta a Dios y pretende competir con él igualándosele como un salvador! ¡Estimados fieles, quien se aparta de Dios se aparta de la luz y entra en las tinieblas que están bajo el dominio del ángel traidor! Tristemente, el líder rojo ya traicionó una vez a la Constitución de este pueblo, y aunque lo quiera disimular de mil maneras, tiene a su espalda traición, sangre y dolor. ¡No permitas que te aparten de Dios ni de sus sagradas escrituras, solo Dios es poder y salvación! ¡Debemos tener temor de Dios! Recuerden lo dicho en el Libro Hechos de los Apóstoles, Capítulo 12, del 20 al 23: «*Herodes estaba enojado con los habitantes de Tiro y de Sidón, los cuales se pusieron de acuerdo para presentarse ante él. Lograron ganarse la buena voluntad de Blasto, un alto funcionario del rey Herodes, y por medio de él le pidieron paz, porque Tiro y Sidón obtenían sus provisiones en el país del rey. Herodes los citó para un cierto día, en el que, vestido con ropa de ceremonia, ocupó su asiento en el Tribunal y les dirigió un discurso. La gente comenzó entonces a gritar ¡este que habla no es un hombre sino un Dios! En el mismo momento un ángel del Señor hizo que Herodes cayera enfermo, por no haber dado honor a Dios, y murió comido de gusanos*». ¡Hermanos, pidamos perdón por las ofensas a nuestro Padre! ¡Pidamos perdón si hemos idolatrado a un ángel traidor, oremos para permanecer en la fe de Cristo y de Dios nuestro Señor! ¡Oremos por la comunidad de Güira para que encuentre consuelo y fortaleza en este trance tan difícil para ellos! ¡Invoquemos la solidaridad de nuestro pueblo y vamos en su auxilio…!

Al final del día, han llegado más contingentes de ayuda para las víctimas. De todas partes del país ingresan aportes para solventar la crisis. Los aeropuertos internacionales son receptores de donaciones internacionales, la empresa privada productora de alimentos envía toneladas de comida, la industria farmacéutica nacional dispone para ellos: sueros, antibióticos, calmantes, antisépticos, antipiréticos y fórmulas lácteas. Las fábricas nacionales de líneas de productos para el cuidado personal ofrecen pañales, toallas sanitarias, algodones, gasas, jabones, pasta dental y cepillos de dientes. Las fábricas nacionales de colchones brindan colchonetas y almohadas, las industrias textiles apoyan con sábanas, cobijas y toallas. Pese a todo, el pueblo ha respondido a sus hermanos heridos, sobran los aportes y el deseo de prestar una mano amiga en momentos tan dolorosos.

— • —

Han pasado meses desde aquella fatídica noche, nadie sabe a ciencia cierta cuántas personas fallecieron. Se detallan miles de desaparecidos, los periódicos publican llamativos carteles de «SE BUSCA» a decenas de niños y adolescentes perdidos. Gran cantidad de damnificados están repartidos en diferentes ciudades y pueblos muy distantes de su entorno original, los han acomodado en campamentos improvisados dentro de canchas o inmuebles abandonados. Sin opción, el necesitado de abrigo se refugia en la promesa de una estancia temporal que, tal vez más temprano que tarde, dejará de ser eso, «temporal», porque volverán a su tierra con llave en mano, a un nuevo hogar que el Estado les construirá. En el noticiero meridiano se transmite el testimonio de habitantes fronterizos, específicamente desde la franja del país cafetero, en la que hacen saber de la extraña presencia de muchos niños y adolescentes en condición de indigencia o mendicidad por las calles de Santander. Un equipo de investigación periodística bilateral indaga si entre esos niños y adolescentes se encuentran algunos de los desaparecidos de la tragedia de Güira.

Casualmente, comparten el almuerzo Patricia y su hermana Lucía, quien es Médico Cirujano y trabaja en los hospitales públicos cuando no está en su consultorio privado; están viendo el parte noticiero que recuerda lo de Güira, de pronto Lucía exclama:

—¡Y lo que falta por verse!

Patricia se inquieta y le pregunta a qué se refiere con ese comentario, a lo que Lucía, responde:

—La noche siguiente a la tragedia estuve de guardia en el Hospital Central. Al pasar revista en el piso de emergencia, detecté en las historias médicas, un número importante de pacientes procedentes de Güira que, aparte de presentar problemas de insuficiencia respiratoria o infección por la cantidad de agua turbia que adsorbieron en el trayecto de arrastre, extrañamente también presentaban lesiones asociadas a herida por arma de fuego. Cuando lo vi, pregunté a los residentes si entre los fallecidos del turno anterior se habían dado casos con tales características, me dijeron que sí, pero que el asunto debía tenerse bajo secreto. Justo en ese instante me llamó el Coordinador de Emergencia a su oficina, y me pidió absoluta discrecionalidad con la información a petición de altos funcionarios del Ministerio de Sanidad, por ende, se me prohibió pasar datos a periodistas o cualquier otra persona. ¡Imagínate todas las cosas que pasaron por mí cabeza! Están aprovechando la confusión de la tragedia para ejecutar a personas desvalidas, de paso los pocos sobrevivientes que tenían posibilidad de salvarse los sacaron misteriosamente del hospital... días después los declararon muertos.

Patricia recuerda que hacía poco, Andrés les había comentado algo relacionado con las ejecuciones a las que alude Lucía, y le dice:

—Hermana, una de las zonas afectadas por las lluvias fue la Urbanización Cedro Alto, muy conocida por albergar personas con mucho dinero. Según cuentan sus habitantes, cuando comenzaron los derrumbes ciertas personas ingresaron a esas casas a robar con la convicción de que debían estar desocupadas; sin embargo, algunas de las quintas que estaban deterioradas o en peligro de derrumbe estaban ocupadas por los dueños que se negaron abandonarlas. Eso probablemente generó enfrentamientos que acabaron con la vida de inocentes. Además, en los barrios populares afectados por la lucha de poder entre bandas delictivas, también se dieron varias ejecuciones la noche de la tragedia. Esto es del conocimiento de las autoridades, quienes no hicieron nada. Estoy segura de que si esos datos los sabemos tú y yo, es porque mucha más gente lo sabe, así que será cuestión de tiempo para que se destape la olla podrida.

Entre tanto, Ricardo el esposo de Patricia almuerza con un alto ejecutivo del Banco Unión Capital, para ultimar detalles sobre el financiamiento para la construcción de doscientas veinticuatro unidades de vivienda, de setenta metros cuadrados cada una, distribuidas en siete torres de ocho pisos, sin ascensores, con áreas de estacionamiento colectivo y una cancha deportiva para todo el conjunto. Esas viviendas serán destinadas a los damnificados de Güira y serán construidas a unos ciento veinte kilómetros del lugar de la tragedia. El banquero expone que, por orden del Ministro de Vivienda, los desembolsos para el avance de obra deben ser puestos primeramente, en un fideicomiso que administra Banco Unión Capital. Este irá abonando progresivamente al constructor en la medida en que avance en la obra. Ricardo, que desde niño ha venido trabajando con su padre en la construcción, le recuerda al banquero:

—Nuestra empresa lleva más de treinta años en el sector construcción, tenemos una trayectoria impecable en el cumplimiento de contratos con el Estado, no entiendo la razón de limitar en exceso, el desembolso de los recursos. Tenga en cuenta que la inflación afecta todos los días el costo de los materiales e insumos. Si no tomamos la previsión de adquirir de entrada el noventa por ciento del material, llegará el tiempo en que los números se pinten negativos sin posibilidad de reestructurar el contrato con el Ministerio.

El banquero, *whisky* en mano, le tranquiliza diciéndole:

—No hay de qué preocuparse, si la constructora avanza rápidamente le ganará a la inflación. Además, las perspectivas económicas del país son positivas, los precios del barril de oro negro están altos; eso asegura los fondos para cubrir su contrato y muchos más..., de todos modos, lo que debe saber es que el gobierno pone ese filtro para garantizar que el constructor cumpla con lo prometido, lo cual no significa que nosotros desconfiemos de ustedes, pues solo cumplimos órdenes superiores. Se sabe que la construcción es de los mejores negocios del mundo, de forma que ustedes no van a perder.

Pero Ricardo insiste:

—Al menos permítanos obtener en el primer desembolso el cuarenta por ciento del monto total de la obra. Con ese monto podemos asegurar el sesenta por ciento del material y pagar el costo de personal de la primera etapa de la obra. Además, deben considerar que tal vez el sindicato de obreros de la construcción exija aumento en las tablas salariales, esa y otras eventualidades no son susceptibles de ajuste por tratarse de una obra con el Estado, por favor analícelo.

Lo que ignora Ricardo es que el banquero es uno de los testaferros del hermano menor del líder rojo, y que el Banco Unión Capital financió parte de la campaña a la presidencia de ese líder, por lo que se presume que esos hechos son los que convierten, repentinamente, a un profesor de escuela técnica en accionista de un Banco importante. De esa forma, el Banco se vuelve un instrumento clave para obtener rendimiento de los dineros públicos a los que engordan antes de depositarle a cientos de particulares o empresas que deben ejecutar trabajos para el Estado. Lo que también ignora Ricardo es que está previsto para un par de días después de esa reunión, el anuncio del control de cambio a la moneda extranjera, y que banqueros como el que tiene enfrente con información privilegiada, utilizará sus fondos para adquirir suficiente moneda extranjera antes de que la especulación por el control, eleve su cotización.

Visiblemente preocupado, Ricardo le pide el contrato de fideicomiso para leerlo mientras sirven el almuerzo. Entre tanto, a unas cuantas mesas se encuentra el Zar de la belleza con tres personas más, seguramente asociadas a la organización que él preside. Pronto será el espectáculo artístico para escoger las nuevas representantes del país en concursos internacionales, es decir, faltan pocos días para que Miss Vulton pierda su condición de virreina nacional. El mesero se acerca al Zar para dejarle una caja de regalo que depositó un anónimo en la recepción. Este se muestra sorprendido por el obsequio, le causa gracia que un desconocido le dedique un detalle finamente envuelto en papel importado; a sus compañeros les causa curiosidad e ingenuamente le invitan a destapar el misterioso regalo. El zar, emocionado, desprende el papel con delicadeza... De repente comienzan a captar un olor extraño, y al destapar la caja descubren en ella, una mata de pelos ensangrentados con una nota que dice «El símbolo del capitalismo morirá, tu virreina no necesita melena, la furia roja arrasará con tus juguetes, tu virreina ya no es lo que fue. Atentamente, Frente Anti Yanqui 4F-FAYAN4». El macabro regalo desata un escándalo entre los comensales. Varios clientes desocupan el lugar, entre ellos Ricardo y el banquero. La noticia trasciende rápidamente a los medios, velozmente, se apersonan reporteros a tomar de primera mano la noticia de lo que aparenta ser una mutilación a la virreina Miss Vulton.

En la nación de las reinas son inusuales hechos de esta connotación, siempre o casi siempre los secuestros son extorsivos, y dirigidos principalmente a personas adineradas del occidente del país dada su proximidad con las fronteras permeables con Colombo, pues su borde limítrofe facilita el tránsito sin control, hacia territorios fuera de la jurisdicción de las autoridades nacionales, o hacia lugares intervenidos por fuerzas aliadas revolucionarias con mucha más experiencia en el mercado negro de privaciones ilegitimas a la libertad.

La desaparición de Miss Vulton ataca la fibra de farándula que caracteriza al pueblo del norte del sur. Es la novela de la temporada y los medios de comunicación lo saben, por eso dedican más atención a indagar la suerte de la Señorita Vulton que la de cualquier otro secuestrado, de forma tal que cada cierto tiempo, le consagran especiales de investigación en el canal de la Colina.

Justamente, el lunes anterior al episodio con el Zar de la belleza, el canal de la Colina había transmitido el testimonio de uno de los Guardias implicados en el robo del dinero dispuesto para el rescate de la Miss. Eran quinientos mil dólares que desaparecieron con todo y emisarios. Recientemente, otro de los supuestos implicados en la apropiación indebida de ese dinero, también había hablado desde la clandestinidad y había expuesto a un periodista del país vecino lo siguiente:

—Mucho de lo que dicen las autoridades del caso de la Miss no se corresponde con la verdad. En primer lugar, hay cosas que no se han dicho, como que mi general antes de llegar al destino nos cambió la seña, indicándonos otra dirección hacia un sector de alta peligrosidad; sin embargo, por tratarse de una orden superior la obedecimos. De pronto, a pocos minutos, un vehículo negro sin placas —de esos que utiliza la división antiextorsión— nos empezó a seguir... al hacerse más intensa la persecución llamamos al menos una docena de veces a mi general para pedir refuerzos, pero él no contestó, tuvimos que huir de los pistoleros que nos persiguieron aquel día.

El periodista le pregunta al desertor:

—¿Qué sentido tiene que su general impida el rescate bajo su cargo?

El entrevistado le responde:

—Hay personas que por dinero matan a la madre, y el general es uno de esos. Él programó todo para mostrar un robo con homicidio, él tiene suficiente poder y conexiones con los bajos fondos como para ordenar nuestra ejecución, lo que no se imaginó era que podíamos salir ilesos y escapar de su trampa.

—Entonces, —replica el periodista— según sus palabras, el general quiso robarlos antes de llegar a destino, pero se supone que con el poder que tiene pudo ahorrarse ese trabajo, quitarles el dinero antes y simplemente endosarles la culpa ¿por qué ensuciarse las manos?

El ex militar le insiste:

—El general es un ser sin escrúpulos, y para mantenerse en el poder debe eliminar cualquier sospecha sobre él. Mientras estuvimos en el blanco de los pistoleros pensamos que todo era obra de la mala suerte, que estábamos siendo víctimas de la probabilidad de uno de los tantos atracos que suceden en el país...

El periodista le interrumpe para cuestionarlo:

—También pudo ser un show de ustedes para esfumarse con el dinero...

El ex militar cuyo rostro está censurado a petición suya por razones de seguridad, toma aire profundo para agregar:

—De nuestra parte era difícil un show, porque desde que nos entregaron la maleta con el dinero tuvimos escoltas designados por el general. Estos desaparecieron casualmente después que el general nos dio la orden de cambiar de dirección, es más, nosotros ignorábamos cuánto iba en el paquete y si lo que iba era el monto solicitado por los captores. Esa información la tenía únicamente el general con su experto en interceptación de comunicaciones, y fue él quien lo recibió directamente de los familiares de la Miss... Nosotros vimos el dinero horas después de escapar del atentado y destrozar el candado del maletín que lo contenía. Para sorpresa nuestra, gran parte del dinero eran paquetes chilenos, un fajo de papeles en blanco que se camuflaba entre las dos caras de los fajos, en resumen, la maleta tenía aproximadamente ciento cincuenta mil de los verdes, es decir, trescientos cincuenta mil menos de lo que dicen que iba en el maletín.

—Como entenderá, es su palabra contra la del general —dice el periodista.

Se nota la indisposición del desertor:

—Desgraciadamente —confiesa— en mí país el sistema de justicia que ya venía débil, antes de que llegara el líder rojo, empeoró, así que no tengo ninguna garantía de respeto a mi vida y al debido proceso. Antes de cruzar la frontera, compramos información clasificada del caso de la Miss, en esto nos ayudaron funcionarios de Inteligencia. El mundo debe saber que un infiltrado de la banda de los secuestradores alertó de la venta de la Miss a las FAYAN4 mucho antes de programar el supuesto rescate. La venta ocurrió en un arranque desesperado del líder de la banda por obtener dinero para desaparecer del mapa. Resulta que manejaron muy mal la negociación, y se enredaron entre ellos al definir qué precio cobrar por la Miss: el primero al mando aspiraba la liberación de su hermano, un asesino y narcotraficante encarcelado en la Capital, y su mano derecha, apoyaba la liberación del delincuente en simultaneo con la cifra astronómica de un millón de los verdes; entonces, la solicitud se convirtió en una ilusión y en el pase seguro a conseguir su ubicación, no tuvieron opción ¡les tocó vender a la muchacha!

El periodista intenta sacarle información sobre el paradero de la joven, pero el entrevistado ignora su ubicación, solo facilita datos sobre la célula guerrillera que la compró, por lo que es probable que se encuentre en alguna de las montañas andinas al borde fronterizo; todos saben que existe una franja que permite moverse de un país a otro sin ser detectado por las autoridades, por allá nadie se mete porque la vegetación es espesa y está cundida de grupos irregulares. Finalmente, el periodista le pregunta:

—¿Qué aspiran los guerrilleros?

El ex militar responde:

—No estoy seguro de qué desean, porque el funcionario de inteligencia expresó que no han recibido ninguna comunicación de tal grupo subversivo. El tema es que las negociaciones salieron de la jurisdicción militar y ahora se encuentran en manos de un grupo de inteligencia al servicio exclusivo del Presidente de la República..., tal vez la tengan como pieza para el intercambio por algún líder guerrillero, tal vez la usen para infundir temor a los secuestrables, tal vez sirva para sembrar el miedo en toda la población, tal vez... todas las anteriores. Lamentablemente esa joven estuvo en el lugar equivocado a la hora equivocada.

El contenido de la entrevista que fue retransmitido por varios canales internacionales, causó escándalo en las altas esferas militares; sin embargo, el líder rojo le salió al paso a tales denuncias y defendió a sus militares aliados, invalidó la declaración del desertor, acusó al gobierno del país cafetero de organizar ataques en su contra, descalificó al ex militar presentando supuestas pruebas que lo colocan como un testigo profesional, es decir, que se lucra de la mentira y de dañar a los demás. Aprovechó la oportunidad para condenar a los medios de comunicación de la oligarquía, los acusó de conspirar contra su gabinete y contra la paz pública, en cadena de radio y televisión ordenó al Ministro de Comunicaciones revisar las concesiones de varias televisoras del país y a la bancada oficialista en el Parlamento le pidió una ley que controle los contenidos que se transmiten en los medios de comunicación.

Nunca antes en democracia, las tensiones entre gobierno y medios de comunicación estuvieron tan difíciles. Aparte de transmitir lo que pone en evidencia al general, los programas de opinión tienen meses sustentando un enfoque contrario a las violaciones del derecho de propiedad ejecutadas a través de la política oficial de ocupación de supuestas tierras ociosas, de expropiaciones, de la intromisión de militares en asuntos civiles y de extranjeros en asuntos nacionales. Los periodistas más connotados insisten en el progresivo deterioro de la libertad de expresión y otros derechos constitucionales a manos del gobierno rojo, de la peligrosa infiltración en el sector educativo, sanitario y de seguridad de funcionarios a cargo de los hermanos Astro de la Isla de la Felicidad. Es como si poco a poco se mutilara todo cuanto representa el ícono del país de las mujeres más bellas del universo.

VII
Belleza interrumpida

Las tensiones se extienden a varios sectores de la producción nacional. Los sindicatos de obreros petroleros entran en conflicto por la imposición de gerentes inexpertos, contrarios al perfil de profesionales y técnicos que exige la industria nacional, una de las mejor posicionadas en el mercado de crudos mundial. Del mismo modo, la asociación que agrupa a industriales y comercios a nivel nacional se alza por el endurecimiento de la legislación laboral, el control de cambios que limita las compras de materia prima e impide el resguardo de capitales en moneda dura en el exterior, también, por la cancelación anticipada a inversionistas extranjeros de licencias de explotación o exploración de recursos naturales, y por la expropiación de varios negocios privados tales como un sector de Joyerías de la Capital y la cadena de supermercados Triunfo.

No pinta bien el panorama socio-político del país, ya es evidente el fuego cruzado entre el militar rojo y los factores políticos y económicos tradicionales. Para complemento, desde hace tiempo los medios de comunicación social alimentan una matriz de opinión contra los partidos políticos para abrir paso a otros líderes inexpertos en el juego de tronos; se trata de ciertos líderes empresariales más próximos a los intereses de los medios porque, con el líder rojo, estos perdieron la inversión. La incursión de militares en asuntos civiles es cada vez más intensa y la invasión de isleños en actividades educativas, de salud e inteligencia se incrementa bajo la dosis de manipulación mediática de que todo va en beneficio del pueblo, del pobre pueblo oprimido por la vaca y el zorro.

El mensaje oficial muestra algo así: el pobre pueblo vestido de Caperucita Roja es acechado y engañado por el feroz lobo disfrazado de abuelita ¿Quién en su sano juicio puede confundir la realidad? Solo el que llega a viejo con mente de pollo. Ciertos personajes tratan al pueblo como imbécil y este se lo termina creyendo. Véase el símil: la Caperucita (pueblo) ya grandecita, camina sola por un bosque donde normalmente habitan depredadores, lleva una cesta con alimentos que, en medio del bosque, es el señuelo perfecto para animales hambrientos; pero por si el señuelo no funciona, la visten de rojo, entonces se salva milagrosamente del bosque y cuando llega al lecho de la abuela, la Caperucita confunde a un lobo vestido de abuelita con una abuelita vestida de lobo. Ninguna seña: ni el mal aliento, ni las garras, ni los colmillos, ni el hocico, ni la voz, ni el pelaje despiertan la más mínima sospecha en la Caperucita de forma que, con todas las señales de peligro que ha ignorado, no queda más que pensar que Caperucita (pueblo) está drogada o enferma.

En la mañana, en la Universidad se encuentran José Enrique, Ana y Andrés para asistir a un foro sobre perspectivas socio-económicas en la primera década del siglo XXI. La primera conferencia está a cargo de un ex Presidente del Banco Central, en ella puntualiza el papel fundamental de la institución que presidió, para una sana vida económica nacional. En su intervención califica de «absurdo el Decreto de Emergencia Económica en una época en que el precio por barril de oro negro tiende al alza; claro que con un Parlamento de mayoría oficialista, dependiente de los delirios de su líder, lo absurdo se convierte en una orden para el inmediato cumplimiento». Explica que el texto del Decreto aprobado por el Parlamento, endurece la línea del presidencialismo al extremo, y resta independencia a los otros poderes públicos. Destaca que «es peligroso delegar funciones parlamentarias al ejecutivo, tanto como delegar a discreción en el ejecutivo, competencias que son propias del Banco Central. De hecho, el control de cambio dispuesto por el Ejecutivo traerá serias distorsiones a la política cambiaria y a la vida económica nacional, del mismo modo que, permitirle administrar las reservas internacionales conllevará el riesgo de pérdida de las mismas».

En el *break*, los muchachos se reencuentran con Mario, quien ahora está acompañado de una exuberante dama, la ex Miss Ruth Lanz. Es un momento emotivo para quienes llevan más de dos años sin verse. Mario presenta a Ruth como su prometida y les informa que estará por muy pocos días en la Capital, por un lado, porque debe acompañar a Ruth a la gala de la belleza donde estará participando como jurado y, por otro lado, porque debe asistir a una reunión en la Casa Amarilla con el nuevo Canciller, donde se definirá su permanencia como Cónsul General en Panamá. Los compañeros rápidamente le ponen al día de las incidencias de cada uno: Peter ha sido persistente, está dedicado plenamente al fútbol, se encuentra en período de prueba para el escuadrón nacional y parece que está a pocos pasos de ser ficha principal; Patricia se casó y trabaja con su esposo Ricardo en un proyecto de urbanización para los damnificados de Güira; Ana da clases para la Escuela de Derecho; José Enrique consolidó la empresa de consultores con la ayuda de Andrés, y este ya es padre de una niña. Ana le pregunta:

—¿Y ese milagro que se acordó de los pobres?, pensé que no quería saber más de esta Universidad.

Para Mario la distinción de clases no existe, y como en su vida lo más importante es la familia y los verdaderos amigos, los tranquiliza expresándoles:

—Siento mucho haberme alejado de ustedes. La verdad es que desde que trabajo para la Casa Amarilla no tengo tiempo ni para mí. Apenas nos graduamos, fui asignado a una misión de política exterior en varios países de América Latina y el Caribe, en eso estuve hasta hace ocho meses que me ascendieron a Cónsul. De hecho, estoy haciendo esta parada porque sospechaba que los encontraría en este evento y necesitaba retomar el contacto con ustedes.

Ana le hizo saber:

—Te llamamos al número de tu oficina en la Casa Amarilla ¿te dieron el recado?

Mario se extraña y le dice:

—No recibí ningún mensaje ¿por qué? ¿qué pasó?

Ni Ana ni Andrés quisieron ahondar en detalles ¿qué importancia tiene discutir sobre las tantas veces que lo llamaron para pedirle ayuda si él nunca se enteró de que lo buscaban? Así que descartaron el tema y pasaron a otro más banal, el de los amores rotos del Profesor Almora con el pelón del Rector.

Cuando se desató el escándalo por el estudiante de Artes, drogado y violado en una fiesta en la que el Rector estuvo de invitado, este marcó distancia de todos los conflictos internos del Profesor Almora con los estudiantes y se alejó para disipar cualquier otro ruido en su contra. Con tantos cables pelados y sin el respaldo del Rector, Almora tuvo que alejarse de la Universidad, le otorgaron autorización para irse de comisión de servicio por tiempo indefinido, a uno de los quince nuevos ministerios, el Ministerio de la Alegría. En la Alegría, se desempeña como asesor directo del Ministro, es el encargado de trazar proyectos de microempresas a nivel nacional, pero lo que se escucha tras el telón, es que Almora rompió su relación sentimental con el Rector por andar de amores con el Ministro, un ex alumno suyo declarado gay desde que estaba en el pregrado. Por allá, parece que está explotando su creatividad en la orfebrería, está abonando el camino para establecer su propia marca y su propia tienda en algún rincón del mundo.

Como la ruptura del Rector con el Profesor no fue amistosa, era de suponer que en cualquier momento tendrían una pelea, como en efecto la han tenido: cuando se ven se produce un corto circuito que termina colándose a la opinión pública. Recientemente, tuvieron un episodio bochornoso en un lujoso restaurant al este de la Capital. Era viernes por la noche, el exclusivo lugar estaba casi lleno, Almora se encontraba reunido allí con un ejecutivo de la cadena de tiendas por departamento más grande del país: un caballero alto, de tez blanca, ojos verdes y de fino porte, cuya presencia en el lugar se debía exclusivamente, a una solicitud del Ministro de incorporar en sus tiendas un departamento para productos artesanales y autóctonos de comunidades indígenas del país. Por extraña casualidad la autoridad universitaria llega al mismo restaurant acompañado de su hermano, les asignan una mesa y se toman el espacio para beber un par de copas.

Al cabo de cuarenta minutos el Rector pierde la compostura, los celos le explotan como cotufas, le cae a golpes al acompañante de Almora, vuelan platos, cubiertos, lencería, comida y hasta el peluquín del Rector. Entre los comensales, alguien graba al descubierto pelón arrancándole los cabellos al hombre, desgarrándole el saco, tirándole patadas como loco, profiriéndole cualquier cantidad de insultos e improperios para alejarlo de Almora, mientras este hace esfuerzos por apartarlos. Finalmente, el hermano del pelón lo saca del lugar y paga los daños para evitar reclamaciones. Aunque el agredido amenazó con denunciarlo, el asunto no trascendió a tribunales porque el Profesor se encargó de persuadirlo y evitar más problemas. El Rector es un funcionario que goza de ciertas prerrogativas que para cualquier mortal le hacen más engorrosa la acusación. De todos modos, lo sucedido enfría las intenciones gubernamentales de adueñarse de un espacio en aquella cadena de tiendas, para hacer proselitismo político a costa de la empresa privada.

Definitivamente, aquello fue un pleito de celos que puso en ridículo al Rector, pero como es costumbre en él manipular la verdad y utilizar como títeres a los abogados de su despacho, les encomienda la tarea de buscar evidencias de incumplimiento a las condiciones de la comisión de servicio del Profesor, de manera que, al tenerlas listas, la orden es allanar el camino para su expulsión de la Universidad. También, se encargó de generar otra matriz de opinión en la que se puso como víctima de una agresión a la que respondió en legítima defensa, porque aquella fue una provocación contra la institución: los enemigos de la academia y la autonomía universitaria atacaron a una de sus figuras emblemáticas.

Por mucho que trate de ocultar la verdad, mucha gente sabe de sus maldades, Mario recuerda que Rancell le había advertido de la doble vida del personaje y de la existencia de información delicada que comprometería su gestión y su responsabilidad. En ese punto, lo interrumpe Nina Loreto para saludarlo. Mario abandona unos minutos a Ruth, cosa que Ana aprovecha para investigar a la Miss diciéndole:

—¡Qué bien por nuestro amigo que pronto formará un hogar! Imagino que tendrán hijos de inmediato, por aquello de que la edad de Mario lo pone al límite de ser abuelo antes que padre.

Esto causa risa a José Enrique y a Andrés y disgusto a la Miss, quien les asegura:

—No está en mis planes tener hijos, así que si él quiere no se va a poder.

Pero Ana insiste:

—Luego de que se casen, es lógico que él quiera tener hijos.

A lo que Ruth tajantemente responde:

—Pues no quiero perder mi figura, paso muchas horas entrenando en el gimnasio y haciéndome distintas terapias para cuidar mi piel, mi cabello, mis uñas... En fin, eso de ser madre no va conmigo, en algún momento él lo entenderá y ya.

Ya es hora de regresar a la próxima conferencia, ahora son los muchachos quienes abandonan a la Miss y a Mario.

En ese instante, se presenta el Psicólogo J. G. Odón con su disertación sobre perspectivas psicosociales del entorno político actual. El especialista explica brevemente la evolución del ser humano a lo largo de doscientos cincuenta millones de años, en la que el hombre progresivamente ha ido desarrollando habilidades más complejas, las cuales se hallan ampliamente documentadas por la Teoría del Cerebro Triuno de MacLean, y agrega:

—Según MacLean, el cerebro más antiguo es el reptiliano, también conocido como complejo R. Este cerebro es el que nos ubica en las funciones más básicas de un ser vivo, funciones que se asemejan a las de otros mamíferos y reptiles, tales como el instinto de supervivencia. En esta función también se manejan acciones inconscientes e involuntarias como la respiración, la presión sanguínea, la temperatura o el equilibrio, y dentro de sus características está que no es reflexiva, no actúa movida por la razón, sino por el instinto que mueve a cualquier animal sobre el ecosistema. El detalle a considerar en esta audiencia es que el cerebro reptiliano encargado de nuestra propia sobrevivencia, también se encarga de obstaculizar nuestros objetivos personales, porque cuando la parte animal siente satisfecha su demanda de seguridad, ignora cualquier aspiración que lo saque de su zona de confort, es decir, cuando este cerebro sospecha que está fuera de su zona segura o que deambula en terreno desconocido lo detecta como amenaza; y en ese momento, se activa el instinto de supervivencia para huir y escapar de situaciones inexploradas.

Continúa el psicólogo Odón exponiendo que:

—Desde antes de la primera República, los historiadores han dado cuenta de hechos que definen la dependencia del pueblo a las dádivas de terratenientes o caudillos, quienes utilizan cualquier artificio para amansar a los campesinos. Especialmente, por medio de comida o fiestas en las que abunda el alcohol, se ha desarrollado —a lo largo de la historia— una forma de domesticar al salvaje. Así, de cuando en vez, a los políticos de oficio les corresponde mantener la tradición de pan y circo, porque para quienes lo reciben es un medio de sustento transmitido de generación en generación, que los mantiene en la zona de confort, libres de preocupaciones por el porvenir. Piensen por un instante en cualquier animal que esté en cautiverio ¿por qué resulta tan difícil que se reproduzca o que viva fuera de su jaula? Hay pueblos enteros sometidos a la dependencia de papá Estado, cada ayuda económica de nombre «bono X» o «bono Y» «caja Tal» o «bolsa cual» lleva implícito su potencial alienante de hacer incapaz al pueblo de proveerse a sí mismo, la satisfacción de sus necesidades básicas, de allí el dicho ¡barriga llena corazón contento!

Frente a tal afirmación, se escucha un murmullo en el auditorio. Es como si por primera vez, despertara la conciencia respecto al trasfondo de las ayudas o programas de asistencia social del gobierno; sin embargo, el ponente controla cualquier distracción en la sala y retoma el asunto afirmando:

—¡Dominar la barriga del pueblo no es la única herramienta para controlarlo!, ¡sembrar el miedo es otra! Cuando el cerebro reptiliano capta riesgo activa el sistema de defensa, busca salvaguardarse porque es su instinto natural, recuerden que prefiere quedarse en zona segura antes que experimentar nuevas situaciones. Por ello es importante controlar el miedo, porque el gobernante sabe que el miedo puede impedir metas y objetivos trascendentales de cada persona. Entonces, si no te pueden dominar por el estómago pueden hacerlo a través del miedo, de allí la frase de Tito Livio: «El miedo siempre está dispuesto a ver las cosas peor de lo que son» y tristemente, esto hace que los sueños sean imposibles de realizar.

Culmina el psicólogo insinuando que el gobierno permanentemente pone trampas al pueblo, que lo introduce en un papel protagónico basado en más dependencia o más servilismo, que cuando esto no funcione hará lo posible por reducir todas los medios de supervivencia autónoma, que bloqueará las opciones de trabajo que no estén controladas por el Estado, que acumulará productos básicos hasta obtener el monopolio de su distribución, que eliminará la iniciativa privada, sembrará el miedo y manipulará la verdad. Así mismo afirma que el gobierno cumplirá la misión opiácea de desviar la atención de los problemas reales del presente manejando a su antojo el cerebro reptiliano del pueblo. Al culminar, tras los aplausos, queda el comentario de los asistentes incrédulos, sobre la imposibilidad de que en el país de las mises se llegue a los extremos de dominación que tienen los hermanos Astro en la Isla. Se escucha un susurro ¡Nooo, yo no creooo!

Por la tarde, está programado el ciclo de conferencias dedicado a Rueda de negocios en Estados Unidos de América y trámites legales para visas de inversionistas en cualquier país del continente americano o europeo. No da tiempo para almorzar fuera de la Universidad y regresar justo a las ponencias, de modo que José Enrique, Ana y Andrés prefieren quedarse. En el cafetín discuten sobre la probabilidad de implantarse un régimen comunista al norte del sur. Lamentan el poco tiempo que tuvieron para hablar con Mario, hubiera sido una extraordinaria oportunidad para obtener información de primera mano respecto a las verdaderas intenciones del Ejecutivo; no obstante, a juzgar por sus convicciones izquierdistas seguramente apreciará las acciones gubernamentales recientes como justas y necesarias.

A propósito del encuentro con el Gaucho, a Ana le impresionó que se haya enamorado de una persona cabeza hueca; José Enrique admite que está muy atractiva, pero Andrés no se imagina cómo llegar a viejo sin llevar encima los signos de la edad o lo aburrido que debe ser pasarse todo un día pegado a máquinas haciendo ejercicio, mirándose al espejo o pintándose las uñas; a José Enrique sin embargo, le parece bien que Mario esté feliz con esa persona, seguramente, en la vida diplomática que transita, las apariencias son importantes, manejarse entre la farándula debe requerir además de gracia, mucha presencia y conexiones; entonces agrega:

—¡Quién sabe hasta dónde esa relación sea de conveniencia!, sabemos que Mario es un tipo sencillo, relajado, que aspira una familia, pero es factible que no le trasnoche la idea de tener hijos.

Llegada la tarde, Mario asiste a la reunión convocada en la Casa Amarilla. Los puntos de la agenda son: dar a conocer los cambios en ciertas embajadas y consulados, entre ellos, los de Panamá y, dar a conocer al próximo Canciller. Antes de anunciar los cambios, el Canciller en ejercicio agradece a los camaradas que lo acompañaron en su gestión; les extiende el saludo del Presidente, quien a su vez les manifiesta su satisfacción por la gran labor en la jornada internacional para conseguir nuevas alianzas y pactos de cooperación que asegurarán votos en los organismos internacionales; expresa además, que apenas se encuentran al inicio del Gran Proyecto de llevar la espada de Ivar por América Latina, por ende, les invita a permanecer firmes en la doctrina revolucionaria que él encabeza.

Todo aquello parece el preámbulo a una despedida masiva, es típico de la diplomacia endulzar el sable antes de dar la estocada final. En esta ocasión, Mario deja de ser el Representante Consular del país en Panamá y queda a la orden del Presidente, quien, como le hizo saber el Canciller, tiene otros planes para él y se los hará saber en la recepción que darán en Palacio, a la próxima Reina de la Belleza. Mario, tal cual guerrero fino, esperará paciente su nuevo destino. Por otra parte, se anuncia el ingreso a la Sala del señor Icol Adur, luchador social de amplia experiencia en política, cercano colaborador del líder rojo desde que se levantó en armas contra CAPIZ. Esta reunión es la primera de las que serán necesarias para preparar la transferencia del despacho a Icol Adur.

Para sorpresa de muchos, el siguiente titular de las Relaciones Exteriores es apenas bachiller, no tiene carrera universitaria, mucho menos cursos afines a las relaciones internacionales. Entre sus méritos, además de los mencionados por el Canciller saliente, está su experiencia en un sindicato de transporte de la Capital, de allí se le conoce como «Bigotes». La noticia definitivamente no es del agrado de quienes conciben la meritocracia como un requisito para ocupar el cargo más importante de ese ministerio, la nominación de «Bigotes» causa decepción o al menos una mala impresión. Hasta hace poco, ese despacho se caracterizó por defender el profesionalismo en el área, por exigir al personal un perfil muy calificado, por demandar el manejo de otro idioma y por motivar a realizar carrera dentro de la Institución hasta obtener alguna representación diplomática o ser delegado de alguna misión internacional.

Al concluir la reunión, un asistente le entrega a Mario un sobre cerrado contentivo de la invitación a la recepción oficial en la que sostendrá una breve reunión con el Presidente. Debe apurarse para llegar a tiempo al teatro y de allí al salón Azul del Palacio. Al final del día, bajo la melodía de «Una noche tan linda» se inicia el *opening* del concurso de belleza nacional, allí se dan cita diversas personalidades de la política y farándula nacional, quienes aprovechan para desfilar ante los *flashes*, las cámaras y reporteros que se disputan la primera plana del acto. Es la noche más esperada por muchos, habida cuenta de que preparar el espectáculo toma un año para seguir manteniendo las preferencias de sintonía del canal de la Colina, al que se le reconocen méritos en innovación, entretenimiento de vanguardia y capacidad para exhibir destacados artistas.

A Mario le resulta extraño el ambiente, su pasantía por el Consulado General en Panamá no le dio el tiempo suficiente para asistir a muchos eventos sociales, ahora es que, gracias a Ruth, su vida pública ha mejorado. Inesperadamente, en la sección de invitados especiales coinciden Mario y su antiguo Profesor Almora, el mismo con quien tuvo un impase en la Universidad antes de graduarse, ninguno —tal vez— pensó en volverse a ver, sin embargo, el mundo es pequeño y la habilidad de Almora de insertarse en los factores de poder es grande, y allí está, de acompañante del Ministro de la Alegría. Lógicamente, omiten saludarse, cada quien pasa a ubicarse en su respectivo asiento, en el que irónicamente, quedan uno al lado del otro... ¡la noche será larga!

Ya casi inicia el show, las jóvenes aspirantes a la corona se encuentran en el teatro desde primera hora de la tarde, rondan por los camerinos en medio de una especie de feria de trajes extravagantes, cosméticos, fijadores, tacones, atuendos, lámparas, espejos y cuanta cosa sirva para deslumbrar al público. Muchas personas se mueven por esos pasillos, maquilladores, estilistas, asistentes, moderadores, instructores, operadores, bailarines, coreógrafos, publicistas, etcétera. Todo está perfectamente organizado para que el espectáculo sea sensacional. Se espera mucho de esa noche, es una noche que combina el *show* artístico con el desfile de modas, y es la oportunidad para proyectar en estos campos, a nuevos exponentes.

Detrás de la pantalla chica y con cotufas en mano, están cómodamente ubicados en el gran sofá de la sala, Ana y sus hermanos Alex y Johan, falta su hermana Sor Luz María quien vive en un Colegio Católico de la Capital. Extrañan aquellos momentos en los que los cuatro hermanos se sentaban juntos a ver las comiquitas, películas, los programas de humor y el imperdible certamen de la belleza nacional; ellos, como muchos otros televidentes, son el jurado más exigente tras las cámaras. Ya de adultos las observaciones de los hermanos son diferentes, la óptica de análisis sobre las candidatas varía según los gustos y colores, así, los focos de atención se acentúan especialmente en la presentación en traje de baño, traje de gala y en la ronda de preguntas.

Pero de todos, por variadas razones, el momento más inquietante es el desfile en traje de baño. Ana cree que este se asemeja a la exposición ganadera del Llano, en la que cada año, se presentan los mejores ejemplares de especies selectas, criados con el máximo criterio de calidad; en esas ferias los dueños de tales castas aspiran obtener alguna premiación, por ello, se someten a evaluación de un jurado especialista en el área. En la exhibición ganadera, aparte del jurado, el público en general, da opiniones sin filtro sobre los ejemplares, entonces los comentarios giran en torno a la raza, la masa corporal, la altura, el pelaje, los cuernos, las pezuñas, los remos, el anca, la ubre, el cuello y la capacidad productiva.

En líneas globales, si se especula sobre la exposición ganadera se verá lo difícil que resulta intentar complacer a todos los gustos, ya que si el ejemplar es berrendo blanco con negro, a cierto público no le gusta porque prefiere el berrendo blanco con rojo, o si las manchas negras presentan un gran espectro aseguran que ese no es el mejor, porque el bueno presenta equilibrio en el color, o si la ubre es de gran tamaño entonces reprueban que los pezones sean muy pequeños, o si el anca es medianamente ancha la prefieren de menor dimensión, en fin, entre lo estético y lo técnico se critica a la vaca, tanto, que si la vaca pudiera pensar expulsaría a patadas a sus críticos, se negaría a participar en esas ferias y optaría por permanecer feliz en su granja. Lo cruel es que al final de la exposición, aunque la mayoría de los ejemplares sean buenos, los premios no son ilimitados, y el ganador o ganadora no siempre coincide con el o la favorita del espectador.

De vuelta a la gala de la belleza, las presentaciones en traje de baño pueden, además de las críticas, generar ciertas controversias, por ejemplo, ciertos comentarios de los caballeros involucran un desafío al orgullo de género de las damas de la casa capaces de causar leves discusiones: que si la Señorita Liz es muy baja de estatura, que si la Señorita Ellen es muy delgada, que si la Señorita Raquel es muy plana, que si el cabello de la Señorita Caren es muy corto, que si el cuerpo de la Señorita Maite no es proporcional, que si la representante del Llano es muy blanca en contraste con lo oscura que es la competidora andina, que si el traje de baño de dos piezas estuvo mal para algunas, que si las piernas de unas son muy muy gruesas o que si la nariz de alguna es muy larga. Pero si algún caballero osa expresar frente a su esposa, novia o pareja que la candidata tal o cual es la mujer perfecta que necesitan en casa, pueden hacer explotar la bomba del orgullo propio y acabar con la continuidad del entretenimiento antes de la premiación final.

En casa de Ana, el momento es para disfrutar entre hermanos como en los viejos tiempos. Ella disfruta las coreografías rimbombantes con trajes de fantasía, con las que evoca las composiciones culturales de la escuela dirigidas por la profesora Elena, una bailadora profesional obsesionada con las danzas folclóricas y populares de Latinoamérica. También, le llama la atención el desfile en traje de gala, pues le resulta simpática la descripción que la animadora hace de cada vestido, como por ejemplo, la que hace de la Señorita Nora: «Nora hace gala de un traje de *tulle spandex* que eleva su cuerpo en línea évasée, su figura se destaca con piezas de encaje francés bordado con pedrería de *swarovski* y lentejuelas láser que hacen juego con series de plumas de ganso australiano y con los accesorios de orfebrería inglesa». De igual modo, es atractivo el traje de la representante andina, cuyo color de piel contrasta con el plateado del vestido, una pieza elaborada con inusuales materiales metálicos como aros de plata tomados de los marcos de espejos cortados artesanalmente.

Todo este derroche de elegancia se da gracias a la creatividad de tantas personas que trabajan en cada fracción que completa el traje de gala de las candidatas; sin duda es una noche de concurso de talentos. A propósito de ello, en estos concursos se estila evaluar básicamente los atributos físicos de las aspirantes, sin embargo, desde hace unos años se viene incorporando en la preparación de las candidatas, un pensum de estudios generales en oratoria, inglés intermedio y cultura universal; por tal razón, al acto de selección nacional se le incluyó una ronda de preguntas a las primeras diez finalistas, a partir de las cuales se debe elegir a las siguientes cinco finalistas, quienes en definitiva recibirán los premios, pues de las cinco, tres obtendrán alguna banda de finalista y dos obtendrán la banda para ir, una al Miss Universo y otra al Miss Mundo; estas últimas se ganarán los vehículos, las pólizas de seguro, los premios en metálico, y la firma de contratos de representación de imagen para la fundación del Canal de la Colina y la empresa fabricante de los autos que reciben.

Llega el penúltimo desfile. Con las diez semi-finalistas se pasará a la ronda de preguntas que hará el jurado; en ese instante la mayoría espera igual derroche de inteligencia en las preguntas y respuestas de las diez más bellas del país. Alex y Johan preparan sus apuestas a favor de la representante llanera, mientras Ana apuesta por la representante capitalina. Comienzan con la Señorita Raquel, le hace la pregunta Ruth Lanz, la novia de Mario:

—Si de repente te anuncian que el mundo se extinguirá pronto, pero tienes la oportunidad de reproducirte ¿a quién seleccionarías para ser el padre de tu hijo?

Ana de inmediato, protesta frente al televisor:

—¡Lo sabía!, la novia de Mario no tiene nada en la cabeza ¿qué clase de pregunta es esa? Si el mundo está condenado a la pronta extinción ¿quién en su sano juicio se atrevería a concebir un hijo que no tendría posibilidad de conocer el mundo?

Largos segundos de silencio anteceden la respuesta de la Señorita Raquel:

—Buenas noches, me siento muy emocionada, feliz y agradecida porque Dios me ha dado la oportunidad de disfrutar esta linda experiencia con todos ustedes, la verdad no quiero que un hipotético escenario pesimista empañe mis sueños de vivir plenamente en este mundo todo el tiempo que Dios disponga, porque para quienes somos creyentes, la muerte es un paso a la eternidad, si crees en Dios vivirás, por tanto viviré y tendré los hijos con quien Dios tenga preparado para mí, que seguramente será un ser especial. ¡Gracias!

Sobran los aplausos en el escenario. Por su parte, Alex y Johan exclaman admiración por la Señorita Raquel, mientras Ana considera su respuesta una bofetada a la absurda pregunta de Ruth.

Continúa el set de preguntas, ahora es el turno de la cosmetóloga Natalia Ross, quien desea saber de la Señorita Caren:

—¿Piensa usted que la mujer es parte del hombre?

Luego de un amplio saludo, responde afirmando:

—El hombre es parte del hombre, la mujer es parte de la mujer, hombre con hombre, mujer con mujer, todos juntos del mismo modo a la inversa, porque claro que la mujer es el ser más importante que nace de la costilla del hombre. ¡Gracias!

A muchos le causa gracia la respuesta, no se entendió qué quiso decir, pareció un corto trabalenguas. Prosigue la Señorita Lorena, quien debe responder sobre ¿qué opinión le merece Confucio?

Ella señala:

—Confucio fue un escritor africano que creó confusión en el orden mundial, toda esta confusión altera la paz, por lo que debemos rescatar la paz para todos. ¡Gracias!

Al terminar se escuchan ruidos de disgusto por semejante respuesta. El animador hábilmente distrae a la audiencia, mientras hace pasar a la última participante.

En esta ocasión, el empresario Kehiro le solicita responder a Miss los Llanos:

—¿Si llegaras a ser Reina, qué programa de responsabilidad social promoverías?

La joven expone:

—Con título o sin título de Reina, promovería un programa de formación en valores a nivel empresarial. Estimo necesario reforzar los principios de honestidad, transparencia, calidad y solidaridad desde el sector productivo privado, de manera que la empresa sea más próxima al ideal de una sociedad humanista y sustentable ecológicamente ¡Gracias!

El animador exalta a las barras, pide aplaudir a las candidatas y dar la bienvenida a la Reina saliente quien, mediante una presentación audiovisual, al tiempo que desfila en el escenario del teatro, evoca los aspectos más resaltantes de su experiencia por el Reinado Nacional, el cual cierra rogando al público no olvidar a su amiga Gina:

—¡Debemos unir esfuerzos por hacer de este país un territorio seguro, próspero y amante de la paz!

Con estas palabras se ubica junto a las finalistas y se prepara para la premiación. Llaman al escenario a un representante de la firma de auditores JM Chass, a quienes corresponde entregar un sobre azul marino con hilo dorado, con el resultado de las tres primeras finalistas, más un sobre rojo con hilo dorado, con el nombre de la Reina y Virreina de la Belleza.

Una vez impuesta la banda a las tres finalistas, la animadora Mari Carmen Saldaña abre el sobre rojo, toma la tarjeta beige que contiene el resultado, su rostro se desencaja porque, extrañamente, de la tarjeta se desprende un dedo ensangrentado que cae al piso, esto le causa pánico y provoca confusión, su compañero interrumpe momentáneamente el acto y llama a comerciales.

Todos los espectadores se muestran inquietos frente a lo sucedido, puede tratarse de una broma de mal gusto para sabotear el evento. Al regreso, el animador Gilberto Zinn ofrece disculpas a la audiencia por el percance anterior, informa que lamentablemente el incidente obedece a una supuesta nota de los secuestradores de Gina Vulton en la que entregan su dedo meñique para recordar que tienen el control, por tanto, amenazan con seguir mutilándola si se ignora sus requerimientos. Aclara que hace público el contenido de la nota porque de no hacerlo, puede provocar la ira de los captores, quienes arremeterían contra Gina. Exige entonces —a quien competa— se tomen las medidas correspondientes para lograr el retorno de Gina con vida.

Alude el animador:

—Este es un momento difícil para nuestra organización…, para la familia Vulton. Rogamos a Dios por su vida y su integridad…, confiamos en que volverá. Sin duda, esta noche será inolvidable, pero como el espectáculo debe continuar, procederé a dar lectura al resultado del escrutinio del jurado: ¡La Virreina de este año es… la Señorita Raquel!, ¡la Reina es Miss los Llanos!, ¡felicidades! Impone la corona la Señorita Mónica y la banda se la coloca el actor Raúl Montes ¡Muchos éxitos a las ganadoras en su ruta hacia el logro de los títulos internacionales de belleza! ¡Gracias a todos los que hicieron posible este magnífico espectáculo, ha sido un honor dirigir este acto junto con la bellísima Mari Carmen!, ¡hasta la próxima! ¡Feliz noche!

Seguidamente, las reinas recibirán un agasajo en Palacio, allí se congregarán los altos ejecutivos de la organización del evento, el canal de la Colina y otras personalidades invitadas por el Presidente. Mario y Ruth se dirigen de inmediato al lugar, porque el protocolo de seguridad lleva su tiempo: al menos tres puntos diferentes de seguridad deben pasar para chequeo de identidad, depósito de dispositivos electrónicos y detector de metales. En el salón Dorado ya se encuentran algunos Ministros del Gabinete, Empresarios, políticos y Medios de comunicación En pocos minutos ingresarán las reinas y posteriormente el Presidente, entre tanto, los músicos deleitan a los invitados con tonadas de cuatro y con el viejo *Parr* de aperitivo.

En la mesa dispuesta para Mario han sido ubicados ciertos funcionarios que han trabajado como agregados militares de embajadas latinoamericanas, en realidad, más del cincuenta por ciento de los invitados tiene relación con el estamento militar. Esto muestra el creciente dominio verde en los asuntos civiles, así que su presencia y la celebración en sí misma obedecen a una agenda preestablecida para con los medios. No es casual ni gratuito el agasajo a las representantes de la Belleza nacional y a los principales ejecutivos de uno de los canales de televisión más influyentes del país como el canal de La Colina. Allí, se tienden puentes y se marcan pautas editoriales de interés para el Ejecutivo a cambio de prerrogativas para renovar la concesión por el uso del espacio radioeléctrico, y dólares preferenciales para continuar los negocios del canal.

Entre tanto, uno de los compañeros de mesa de la pareja es Arles Millán, un Coronel que recién regresó de una misión en la isla de los Astro, y se encuentra a la espera de una nueva designación. Este señor se conoce además por sus vínculos con las asonadas militares en las que participó el líder rojo, por lo que se estima como un miembro de confianza para el gobierno. Ahora, mientras Mario se encuentra en un salón contiguo en reunión con el Presidente, Ruth se distrae en una amena conversación con el apuesto Coronel olvidando por completo a su novio. Para cuando Mario —ahora Embajador en Panamá— se incorpora a la mesa, los nuevos buenos amigos ya se han intercambiado teléfonos y direcciones. Finalmente, la recepción termina tan pronto como el Presidente ofrece su discurso poético y subliminal a los medios de comunicación, dejándoles la retadora frase: «el que no está conmigo está contra mí».

VIII
Doul, Saloni y Vulton

El dedo que voló en el certamen de belleza, pasó a laboratorio médico forense para determinar la procedencia del mismo. Indudablemente, este hecho ha renovado las investigaciones del secuestro de Gina Vulton, tras muchos meses de encontrarse congeladas. En el teatro están los técnicos analizando los videos de las cámaras de seguridad; la tarea es complicada porque el área de cómputo de votos del jurado no estaba en el campo de visión de las cámaras. La búsqueda de pistas debe centrarse en los datos que arrojan las otras cámaras de acceso y/o movilidad dentro del teatro, y en la declaración de testigos. Según informa el Gerente de Seguridad del canal de la Colina, para dicho certamen se emplea mucho personal extra que cumple labores de limpieza, logística, seguridad y protocolo, asimismo aclara que para el acto reciente se contrataron unas ochenta personas, de las cuales unas cincuenta son personal eventual reiterado y que, aunque se les realiza una revisión de antecedentes, la misma no procede de autoridades oficiales.

Los padres de Gina se encuentran con el Comisario Gustavo Chaparros intentando extraerle información del paradero de su hija. El padre alardea de sus conexiones oficiales por la cantidad de dinero que les ha prestado para campañas electorales; con ello espera una mejor atención que la recibida hasta ahora para rescatar a su hija. La madre, visiblemente angustiada, le pide al Comisario:

—¡Por favor, tengan piedad de Gina!, ¡no merece que la sigan mutilando!, ¡hoy le quitaron un dedo, mañana puede ser una mano!, ¡es injusto este sufrimiento, le ruego nos ayude a terminar con esta pesadilla!

A lo que Chaparros le responde:

—Entiendo su preocupación señora..., pero ustedes deben estar conscientes de que hacemos lo humanamente posible por encontrarla. ¡Nuestros recursos son limitados! Además... ustedes han interferido complicando las cosas con el detective privado ¡Ese, que denunció el robo del dinero del primer rescate!

El señor Vulton le advierte que están en todo su derecho de realizar la búsqueda por su cuenta:

—Lamentablemente, los únicos perdedores hemos sido los padres de Gina..., nadie nos respondió por el dinero que se robaron y aún no dan con los captores. ¡Es obligación del Estado brindar seguridad! Sin embargo..., he colaborado con baterías, cauchos y brindando almuerzos a funcionarios por un trabajo que no rinde, cada día que pasa aumenta el riesgo de deterioro de la salud de mi hija... ¡¿Cuánto más nos va a costar salir de esta tragedia?!

El funcionario, manifiestamente indolente, les llama la atención:

—¡Aquí la autoridad soy YO! ¡No acepto sus ofensas ni que tome la justicia por sus propias manos... deben esperar como cualquier otro ciudadano, el resultado de las investigaciones! Lo único que les puedo adelantar es que el dedo examinado no puede ser de su hija. Según indica el médico forense, el dedo enviado al certamen es un dedo anular infantil, con cicatriz hipertrófica previa y reciente, que se presume pudo ser causada por la mordedura de un animal..., definitivamente, ¡ese rastro no es de Gina Vulton! Seguiremos indagando y les avisaremos cualquier novedad... Si me disculpan, tengo otra reunión.

El rostro desencajado de la madre es un drama. Sabe que su hija la necesita, pero no sabe cómo ayudarla. Se desploma llorando en uno de los pasillos de la policía. En su auxilio corre otra señora, quien la levanta, la consuela, y la invita a orar para no perder la esperanza.

Ella le cuenta:

—Yo misma he tenido que aferrarme a Dios, he aceptado que se cumpla su voluntad por muy dura que sea..., hace un par de meses secuestraron a mis tres niñas de 13, 11 y 7 años, junto con el conductor, el señor José. Iban camino al Colegio cuando una supuesta patrulla de policía los interceptó y se los llevó. Nos llaman y se burlan..., no sabemos en quién confiar porque nadie nos da fe de vida de las niñas, ni del señor José... Señora, comprendo su dolor... ¡porque lo estoy viviendo en carne propia!... Al menos me consuela que deben estar juntos... La más chiquita tiene un retraso mental moderado que necesita atención médica permanente. Solo espero que ellos, tanto como yo, estén aferrados a Dios y ocurra el milagro de regresar a casa. Señora, deseo sinceramente, que encuentre a su hija..., la tendré en mis oraciones.

La madre de las tres niñas se despide entregándole una estampita con una oración al Señor de los Milagros, encabezada por una foto de las niñas.

La señora Vulton se conmueve con la fuerza de aquella señora; ahora, ya no solo llora por su hija Gina, sino por aquellas tres niñas y su chofer. Toma la estampita y entre lágrimas empieza la oración:

«Señor de Los Milagros, perdona nuestras ofensas y escucha esta oración, escucha nuestra súplica, estamos muy angustiados, ayúdalos, ampáralos y favorécelos. En estas horas oscuras imploramos tu luz para comprender tu divina enseñanza, dales la fuerza para soportar esta dura prueba. Señor de los Milagros no permitas que seres inocentes sufran los infortunios de la maldad, confiamos en que por tu infinita misericordia los has de traer sanos y salvos, en nombre de Dios que se haga su santa voluntad. No somos nadie en esta Tierra de Dios. Amén. —y continúa leyendo— Señores secuestradores, no somos autoridad para juzgarlos. ¡Los perdono!, ¡solo les imploro misericordia! Ustedes saben que mis niñas no son malas, que no nacieron para ser negociadas, que el señor José es un buen amigo y padre de dos niños..., ninguno merece este golpe. Las niñas se deben estar preguntando por qué fueron arrancadas de nuestras vidas. Les pido les entreguen una oración para calmar su angustia, pero si Dios los

designó para finalizar la misión de ellos en la Tierra, no podré hacer nada..., solo aferrarme a Dios y orar por ellos para elevar sus almas al cielo».

En ese mismo instante, la señora de la estampita recibe del Comisario la noticia de que posiblemente, el dedo del certamen sea el de una de sus niñas:

—Antes del secuestro, ¿alguna de sus niñas sufrió alguna mordedura que afectara sus manos?

La pobre madre traga grueso y responde:

—Isamar, mi niña de 11 años, semanas antes del secuestro, mientras estábamos en el cumpleaños de una amiguita, fue mordida por su perro. ¡Dios, debí ver las señales!, casi le arranca el dedo anular derecho, afortunadamente, el perro no tenía rabia y la niña se curó, pero le quedó una cicatriz extraña..., ¿por qué no lo vi venir señor? ¡Algo malo venía para mis hijas ...! ¡Deseo verlo! ..., ¡tal vez sea un error..., y si no lo es..., quiero comprobar que esto es real! ¡Perdón...! ¡Perdóname Señor, si con mis actos he condenado la vida de mis hijas y la del Señor José, solo he vivido para ellas, para que sean buenos seres humanos, es duro este temprano distanciamiento!

A los funcionarios les resulta imposible no perturbarse con el desgarrador cuadro de dolor de una madre que siente perder a sus tres niñas. Entre los códigos no escritos de la policía, los asuntos de los niños reciben máxima prioridad, por ello, han dedicado largas horas de investigación para encontrar cualquier pista que los lleve a esas niñas. Las sospechas apuntan a una red de prostitución infantil que opera en la Capital con el apoyo de ciertos funcionarios que están por identificar, y también porque de las grabaciones del teatro, les ha llamado la atención que uno de los eventuales contratados para prestar servicio de limpieza, es el padre de Suny Saloni, la niña indígena violada y asesinada años atrás. Este señor luego de la muerte de su hija desapareció misteriosamente sin dejar rastro, y no prestó colaboración para la captura de los responsables que, por cierto, hasta la fecha no han sido encontrados, es como si ocultara algo; por esta razón han designado una comisión encubierta para seguirle los pasos.

En efecto, la dirección que el padre de Suny suministró en la ficha laboral, es falsa; sin embargo, por el número de teléfono se obtuvo registro de compra a nombre de la concubina con dirección en los Valles de Güira, en una zona rural que para acceder a ella, se debe transitar previamente por un barrio altamente peligroso. Ese caserío se formó luego de abierta la gran autopista y los túneles que conducen de la Capital a Güira y al aeropuerto internacional. Desde entonces, salvo que sea residente o esté cerrada la autopista por algún incidente extraordinario, ningún extraño circula por esa zona. Vista esta realidad, los informantes de ese barrio son los encargados de suministrar datos a la policía acerca de los padres de Suny, quienes el día anterior salieron de su vivienda en direcciones opuestas: la señora llevaba una vianda de tres tazas envuelta en una bolsa blanca de baja densidad, tomó un bus en dirección a Güira por la carretera vieja al borde de las montañas del Valle. Hicieron seguimiento al padre, quien tomó un bus hacia la Capital, se quedó en la primera parada de la estación del metro Felino; allí se encontró con un hombre vestido de blanco que se supone sea personal de enfermería, quien le dio un récipe médico y se marchó. El indígena caminó hacia la farmacia más cercana, compró suero pediátrico y otros fármacos, volvió a tomar el bus de regreso a los Valles de Güira, desembarcó en un sector solitario de pura montaña, mucho antes de terminar la travesía de la carretera vieja para llegar a Güira.

El día de hoy, una comisión encubierta de la policía está apostada cerca la casa de los Saloni, la señora sale a la misma hora del día anterior, camina un par de cuadras hacia una bodega donde compra seis bolsas negras grandes con capacidad para 100 kg, se dirige a la misma parada de bus de días previos, desembarca en el mismo lugar donde fue visto su compañero el día anterior, allí aborda una motocicleta que la conduce por un ramal carretero montaña adentro. La comisión la sigue discretamente, intenta no perderle rastro mientras pide refuerzos para cercar el área y explorar el lugar. Toma un par de horas concentrar el contingente de guardias y policías para acordonar el sitio. Comienzan los efectivos armados a subir la montaña por el ramal carretero y por otro camino alterno que los lleva casi al tope de la montaña, pasan un portón de alambre de púas, la vía los conduce hasta una vivienda donde se observa, por el pasillo, a un hombre armado. También puede verse, moviéndose de un lado a otro, a la señora Saloni, y metros adelante, a dos hombres cavando un hoyo. La policía entra por la fuerza, inmoviliza al vigía armado, a la mujer y a los hombres del fondo.

Ingresan a la vivienda. En la sala encuentran cuatro bolsas negras extendidas sobre el piso con lo que parecen ser cuerpos inertes. Aseguran el lugar antes de abrir las bolsas, dentro de una de las habitaciones hallan a dos niñas figuradamente drogadas, casi inconscientes, tendidas sobre unas esteras de fique. En otra habitación, se evidencia una cámara de video y varias fotografías con pornografía infantil. Las niñas fueron enviadas de inmediato al hospital más cercano para prestarles los primeros auxilios, posteriormente al abrir las bolsas negras hallan en ellas, sin vida, a tres infantes femeninas y a un hombre adulto. Una de las niñas sin el dedo anular derecho, por lo que se presume que estos cuerpos corresponden a las niñas Doul y su chofer. Se hace fijación fotográfica, recolección y embalaje de las evidencias. Los cuerpos son trasladados a Medicina forense y las personas detenidas son confinadas en el retén de máxima seguridad de la Capital.

Los detenidos: La pareja Saloni, un hombre con visible retraso mental y un hombre solicitado por homicidio y secuestro. No han rendido ninguna declaración, están siendo evaluados medicamente, para determinar su estado de salud física y mental al ingresar a prisión. Mientras tanto, en la morgue del Centro Médico Forense están los familiares de las niñas Doul y del señor José para identificar los cuerpos. Para el reconocimiento, pasan la madre de las niñas y la esposa de José; varios médicos las acompañan en este amargo acto del destino. La madre a medida que se aproxima a las camillas cubiertas de sábanas blancas, se encomienda a Dios, le pide fortaleza, se detiene frente a las camillas y antes de levantar el velo, suspira e inclina su cabeza como si se transportara a la vieja escena, de cualquiera de las tantas noches que despidió el día junto con ellas regalándoles un beso y bendiciéndolas, levanta el velo de la primera niña, Isabel la mayor de las tres, y exclama adolorida:

—¡Perdóname hija por no cuidarte lo suficiente!, ¡siempre te hice saber la dicha de tenerte, te mostré todo mi amor, fuiste una líder de extraordinarias cualidades, estás grabada en nuestras almas, volveré a verte…, nuestro amor es hasta el infinito! —besa a Isabel, la bendice y la cubre.

Pasa a la siguiente camilla, levanta la manta donde reposa la segunda niña, Isamar su hija intermedia y le dice muy quedo:

—Hija bella, ¡aquí estoy! ¡De pie como siempre me decías debíamos estar para ayudar a tu hermanita menor!, ¡tu energía, tu carácter y tu valor lo tengo memorizado en mi alma!, ¡perdóname mi amor por no llegar a tiempo hasta ustedes, te amaré eternamente! —besa a Isamar, la bendice y la cubre.

Continúa hasta la siguiente camilla, levanta la sábana que cubre a Iris, su última niña y le susurra entre lágrimas:

—¡Mi ángel! ¡Levantaste el vuelo para alegrar el cielo!, tus condiciones especiales siempre fueron una bendición para nuestras vidas, te amamos con todas las fuerzas, ¡volveremos a encontrarnos! —besa a Iris, la bendice y la cubre.

Se acerca hasta la cuarta camilla, toma las manos del señor José y le expresa:

—¡Gracias por ser tan buen amigo, y por acompañar a mis niñas hasta el final! Perdóneme por no alcanzarlos a tiempo, lo veré en cada recuerdo del tiempo que estuvo con nosotros, ¡Dios lo acogerá en su reino porque ha sido un hombre bueno! —desprende sus manos de José, y solloza mirando al cielo:

—¡Vuelen alto!, ¡la gloria de Dios los espera!, estaré mirándolos en las estrellas, en el viento, en la lluvia, ¡nunca los olvidaré!, ¡mi alma les seguirá hasta la eternidad! —abraza a la esposa de José y se retiran dejando una estela de llanto en los médicos presentes.

En la entrevista, la señora Saloni se entera que está en embarazo, esto la toma por sorpresa, no esperaba tener más hijos luego de lo ocurrido a Suny. Con la sensibilidad a flor de piel, se desahoga y comienza a hablar de lo sucedido, de las niñas Doul, de las otras niñas y de su hija:

—En mi pueblo, nosotras solo existimos para cumplir las órdenes de papá o del marido. Mi padre me vendió cuando yo tenía 13 años por un par de caballos, mi marido trabajó en las minas de oro hasta que mataron a su jefe, entonces, abandonamos la comunidad y llegamos a la Capital. Aquí pasamos mucha necesidad, él estuvo de vendedor ambulante hasta que se reencontró con Marcelo, el hombre que lo metió en la venta de niñas. ¡Él metió a nuestra hija en la prostitución y la utilizó para atraer a otras niñas del barrio! ¡Yo no pude impedirlo! ¡Él siempre me amenaza! El día que Suny desapareció mi marido sabía con quién estaba: ¡Un joven de esos ricos del este!, ¡ese hombre drogado abusó de la niña hasta desgarrarla por dentro! Esto lo supe tiempo después de que fue encontrada ardiendo en una maleta. ¡Mi marido es tan culpable como aquel que la mató! ... Volvimos a huir. Cuando todo se calmó, se volvió a lo mismo..., hasta que hace dos meses, Marcelo nos encargó del cuidado de las niñas Doul y su chofer, mientras cobraba el rescate. Por primera vez, nos metieron en el cuento del secuestro. ¡Esa gente se enfermó, no les gustaba la comida! ¡La más pequeña estaba mal de la cabeza!, y... se le quitó un dedo a la mediana, porque el dedo que debía entregar mi marido en el teatro, se lo comió el perro. Entonces, se tenía que buscar otro dedo para cumplir con Marcelo ese otro encargo. Las niñas estuvieron muchos días con fiebre y el señor también. El enfermero nos dijo que posiblemente, agarraron una bacteria. Se les compró medicinas, pero no sirvió. ¡Esas niñas no eran para la prostitución, no se tocaron para eso...! Se enfermaron casi de inmediato, nosotros le dijimos a Marcelo que las devolviera porque estaban muy mal, pero no quiso. Las otras dos niñas tenían poco de estar en el rancho, son niñas de Güira que viven con sus abuelos. Estaban en el rancho porque buscaban dinero, vinieron a sacarse fotos y otras cosas. ¡Me arrepiento de todo este suplicio! —exclamó.

Con estas declaraciones se da por resuelto los casos de Suny Saloni y las niñas Doul.

IX
Burbujas

A más de 3.500 metros sobre el nivel del mar, La Paz le juega mal a los que no están acostumbrados a esas alturas. La azafata había informado previamente que, ante cualquier manifestación de síntomas relacionados con el mal agudo de montaña, los pasajeros debían avisar a los asistentes de vuelo, quienes les prestarían auxilio y los remitirían al personal en tierra para atender la eventualidad. El anuncio en sí mismo, es una invocación del mal de altura para algunos; el cerebro se predispone, es como si intencionalmente en este vuelo, donde viajan los competidores del equipo de fútbol boliviano, se adelantara el juego aplicando la sugestión a los miembros del escuadrón nacional, quienes —aunque no han sido tomados en serio por sus pares— vienen mejorando su desempeño futbolístico.

Un evento negativo no siempre es negativo, todo depende de la perspectiva desde la cual se mire. Peter recuerda los dichos de la abuela Alice Thelma ¡no hay mal que por bien no venga! Gracias al mal de altura, dos jugadores no están en condiciones físicas aptas para jugar el partido con Bolivia. Este hecho pone a Peter en la fila de los principales para enfrentar a los de La Verde; su preparación en las montañas andinas es una fortaleza que le permite ascender de posición, ahora a más de 3.500 metros sobre el nivel del mar, entrena con soltura a pocos días del encuentro Tinto-Verde. Se mueve ágilmente con gran capacidad de resistencia y coordinación entre pases y colocaciones de tiro a puerta; sin embargo, para el Director Técnico es una apuesta arriesgada, considerando que este partido cuenta para la clasificatoria al próximo mundial de fútbol.

Desde luego, los cambios generan resistencia, pero él está apostando al Gocho. En las pantallas, dentro de la tabla de jugadores de La Tinto, con el número 11 aparece Peter Mirez. Las oncenas de ambos equipos ya están en la cancha, esperan el pitazo inicial, después del sorteo cara o sello para el saque de salida. Arranca el partido, tras un balón perdido de Ronald, la esférica le llega a Máximo, este la pasa a Gómez, Gómez apunta a Juancho el Capitán, este la coloca en posición de tiro al arco que rechaza el Chino de La Verde. Al minuto dos, esta es la primera aproximación al marcador por parte del equipo visitante. El partido se mide en este momento en el centro del campo, es un contrapunteo equilibrado sin amenaza para ninguno de los equipos.

Los Tintos retrasan las líneas para poder sacar el balón, Cheo realiza un pase largo hasta su defensa el cual trata de marcar, pero se lo impide Negrón, el 8 Verde se la pasa a Félix, este avanza solo entre los Tintos al campo de tiro, apunta al arco y el portero de La Tinto, en un salto lateral derecho la atrapa, salvando a su equipo de un gol en contra. En el saque, el balón queda bajo el dominio de los Tintos, entran en terreno Verde, se abren estratégicamente para confundir al oponente, Juancho le pasa a Gómez, Gómez le envía a Cris, Cris le coloca a Máximo, este se dirige al arco, le apunta a Peter y Peter dispara al arco Verde marcando el primer punto para los Tintos, ¡GOOOOOOOL! de los visitantes ¡Qué golazo el del Gocho!, el entusiasmo del número 11 es evidente, es un jugador táctico, se mueve con mucho cálculo, esto lo saben los Verdes que tratan de cercarlo.

La réplica de los Verdes es fuerte, Morán en una buena jugada recorta el paso e intenta picar el balón por encima de Castillo, Castillo le da un cabezazo y devuelve la esférica al 8 Verde, este hace un pase largo a Ronald y Ronald al Chino, quien dispara al arco sacándola por arriba de la meta. El partido es intenso, los Verdes se notan agotados, juegan a la defensa, los Tintos se perfilan como atacantes, pero les falta concretar el marcador. En esta disputa las infracciones anotan tres tarjetas amarillas para los Verdes y dos para los Tintos, ninguna roja. Al final, el dominio del balón lo tienen los Tintos, con tres intenciones fallidas de gol contra los Verdes. Concluye el partido con una histórica victoria para los Tintos, nadie apostaba a estos jugadores, pero hoy dieron un buen juego, se ganaron el respeto ¡Bien por su gente, bien por su país!

Este gol de victoria es motivo para que los fanáticos Tintos celebren hasta el próximo acto de farra. Como verán, repentinamente el amor por el fútbol se ha contagiado a todos los estados del país de las mises. A pesar de todo, para los incrédulos, la hazaña fue cuestión de suerte. Alex y Ana se enfrentan por las críticas al equipo de fútbol nacional: ella defiende los créditos al esfuerzo por despegar de último lugar en las clasificatorias. Él admite la mejoría en la competitividad, pero se mantiene escéptico en cuanto a la sostenibilidad de esos logros en el tiempo. Por ello, cauteloso, le dice:

—Hermana, para que pueda alcanzar la cima del mundial, el Ministerio del Deporte debe tomar en serio a la Federación, y por su parte, la Federación debe modernizar su estructura conforme a criterios de calidad. El amiguismo debe quedar lejos del fichaje..., estos pequeños logros no aseguran el futuro del equipo.

Ciertamente, Alex es más versado en temas deportivos que Ana, pero Ana tiene el estímulo de disfrutar el ascenso de Peter al lugar de sus sueños. El próximo partido será en un mes, en Santiago de Chile; luego se enfrentará a Perú, Colombia, Uruguay y Argentina, y como el país está, en términos económicos, en época de abundancia, ya se han agotado los boletos para viajar desde el país de las mises hasta Santiago, Lima, Barranquilla, Montevideo y Buenos Aires para las fechas de las eliminatorias de los Tintos, y las agencias bancarias están colapsadas debido a la tramitación de torres de carpetas con solicitudes de autorización de divisas preferenciales para viajes al exterior; del mismo modo, las agencias de viajes presentan altas demandas de servicios.

Desde que existe control de cambio de divisas, hasta el gato habla de las variaciones del dólar. La política gubernamental de repartir mermelada al pueblo, aplica con la asignación de tarjetas de crédito a cuanto cliente lo solicite, independientemente de su capacidad de pago. Esto posibilita a muchas personas viajar al exterior y comprar la ropa y los zapatos de marca a precio de gallina flaca; de paso, se disfruta de vacaciones mientras se gana algunos dólares que valen para mantenerse sin mucho esfuerzo, en el país de lo posible. Con razón estos turistas son más que bien atendidos, sobre todo en las calles de ciudades fronterizas del país cafetero, en Panamá y ciertas islas del Caribe, pues, entre las variadas atenciones, figura la existencia de muchas Casas de Cambio exprés, con servicios de puntos comerciales fantasma, que sirven para simular consumos por compras de bienes o servicios y que, por el pago de jugosos porcentajes a los dueños de tales puntos, se hacen de una cantidad de dólares en efectivo como tarjetahabientes o al portador, quienes pueden ser cualquiera.

¡Es una maravilla! solo en el país de lo posible se puede financiar las extravagancias de millones de ciudadanos, especialmente de aquellos que integran la clase media y baja, sectores a los que pertenecen los desempleados, profesionales y técnicos subvaluados o sin ocupación formal. Frente a las dificultades para obtener ingresos fijos o suficientes, el control de cambio de divisas abre la posibilidad de adquirir dólares a un precio noventa veces inferior al del mercado negro de divisas. Luego, cada tarjetahabiente es un potencial cambista de moneda extranjera en tres simples pasos: primero, obtener autorización al consumo de un cupo máximo de divisas; segundo, hacer viajar la tarjeta al destino internacional declarado para el futuro consumo; y, tercero, dar por realizado el consumo con las casas de cambio exprés.

— • —

Hace pocos días, Mariela Mirez se encargó de cubrir temporalmente una vacante en la oficina de Verificación de guías en la Aduana Principal de Santoño, en la línea limítrofe por el suroccidente con el país cafetero, una de las puertas principales para el intercambio comercial entre ambos países, y una de las fronteras más calientes tanto por el clima como por la dinámica en el tráfico de personas y mercancías. Para este momento, está chequeando la importación de un contenedor de leche en polvo. Ella, Tobías Maza y Anali Lozana están dando apertura al *conteiner* para realizar la primera inspección técnica, y la impresión de entrada es que de allí se desprende un fuerte olor a descomposición. La reacción inmediata de Mariela se manifiesta expresando:

—Parece que estos productos están vencidos, debemos levantar un informe de su mal estado. ¡Claro, dejando a salvo la opinión del técnico en alimentos, esta importación no cumple con los protocolos sanitarios para entrar!

Continúa el chequeo en cuanto a la cantidad y características descritas en la Guía de Importación. Anali les reporta:

—Según lo contabilizado hay 900 bultos de 25 kg cada uno, eso arroja un total de 22 toneladas ¡Siete toneladas menos de lo que está facturado!

Por su parte, Tobías asegura:

—En la descripción del producto dice: «Suero de Leche en Polvo». La composición es muy distinta a la de «Leche en Polvo Completa» que refleja la factura, lo que indica ilícito por Cambio de Posición Arancelaria, lo que sumado al mal olor de este producto, el análisis sanitario es falso.

Mariela completa la inspección, la firman los tres funcionarios para remitirla al Jefe del Departamento. Este, con las resultas de la primera inspección tiene argumento suficiente para negar la entrada al territorio nacional, pero..., cuando se disponen a revisar otra importación, el Jefe los asigna a otra tarea lejos de los contenedores.

Es viernes. Mariela, al terminar su jornada laboral, cruzará el puente internacional hacia el otro lado de la frontera, para pasar el fin de semana en la ciudad norteña con sus primos Alejandro y Mari. Es costumbre de los andinos y de los norteños pasar de un lado a otro a visitar familiares, trabajar, adquirir productos o simplemente ir de paseo. Al final de la tarde, el tráfico de vehículos y personas por este sector es terrible, las cajuelas de los carros generalmente pasan llenas de comida, electrodomésticos, repuestos y cuanta cosa les quepa, pero, los uniformados siempre están atentos para detectar cualquier irregularidad que contribuya a llenar el pote de propinas ¡Nada nuevo en este lado del paraíso! Los primos se preparan para visitar el sábado por la mañana, una agencia de viajes para asegurar su asistencia al partido de Peter en Barranquilla. Será una oportunidad para reencontrarse, luego de varios meses de entrenamiento y juegos fuera del país.

El calor y la brisa dan a la ciudad santandereana un toque especial de pueblo costeño sin serlo, los atuendos son ligeros. Luego de resolver la compra del paquete turístico para Barranquilla, Alejandro regresa al Hotel para disfrutar de la piscina, mientras Mariela y Mari se van de tiendas. Por las aceras se cruzan con muchos connacionales e innumerables intermediarios para transacciones en divisas. Están en la tienda de zapatos. Ambas están emocionadas probándose varios modelos, Mari camina con unos tacones color turquesa, se los mira al espejo, va de un lugar a otro y de pronto, ve la imagen de un conocido. Se acerca a Mariela y le comenta:

—Mira a ese señor, ¿de dónde lo conocemos? ¿Lo recuerdas? Mariela lo sigue unos minutos y recuerda:

—¡Claro que lo recuerdo! ¡Es Giulio, el esposo de Sofía, la cuñada de Alejandro!, ¡pero no está con Sofía! ¡No puede ser..., tiene una amante! ¡Qué descarado! Sofía no debe saber... ¡La pobre atendiendo al bebé y este hombre gastándole cantidades de dólares a la otra!

Mari se dispone a interceptarlo para hacerlo quedar mal con la mujer, pero Mariela la detiene. Mari insiste:

—¡Hay que dejarlo mal parado para que aprenda a respetar!, ¡él aquí tan fresco aparentando ser rico y soltero, y su familia imaginando que está en viaje de trabajo...!

Mariela le pide:

—Prima, no te metas en líos ajenos y ¡menos de pareja! Tú te implicas y terminas de enemiga de ambos..., ¡mejor sigamos nuestra compra e ignorémosle!

El esposo infiel capta que Mariela y Mari están en la tienda porque les corresponde turno en la caja, justo detrás de ellas; fila que por demás, está larga por la cantidad de compradores extranjeros, esos que vienen con fondos del beneficio del control de cambios. Giulio no aguanta la presión de horas en espera para pagar, y de paso, al lado de las amigas de su esposa. Intenta retirarse sugiriéndole a su amante:

—Amor, está muy lento el cajero, mejor vamos a otra tienda..., se nos hace tarde para regresar a Chira.

Entonces, ella le responde:

—Bebe, ¿te imaginas volver a probarme cosas?, ¡pero si ya estamos listos! Además..., ¡tengo la ropa que te gustó, bebe!, ¡todo para ti!, ¡ya verás que pasamos rápido..., pero también me puedes dejar la tarjeta de crédito y mientras, te das una vuelta para que te relajes, mi amor!

Giulio se queda pensativo y decide:

—No hay problema, te acompañaré..., solo espero que el cajero se apure, el calor me tiene fastidiado...

Mariela y Mari están incomodas con la escena... No se marchan para hacerle difícil el rato a Giulio. Mari intenta establecer comunicación con la amante preguntándole:

—Señora, disculpe la pregunta ¿dónde compró sus zapatos? ¡Están hermosos!

La compañera de Giulio, que aparenta ser ostentosa, de inmediato responde:

—¡Están lindos! ¿¡Verdad!? Pues mi marido me los regaló..., bebe... ¿dónde los compraste?

Giulio muda de colores, se tarda para responder:

—No recuerdo el nombre de la tienda —dice— dirigiendo su atención al teléfono móvil para no tener que seguir el diálogo.

Pero ellas seguirán la conversación hasta descubrir la identidad de la amante, Mari les comenta:

—Hemos caminado mucho buscando zapatos..., no conozco muy bien esta ciudad y aún no sé dónde conseguir calzado de calidad a buen precio. Veo que tienes gusto por las cosas buenas, ¡discúlpame el atrevimiento!

La mujer se nota tranquila en su posición y continúa:

—¡Tranquila, no me molestas!, ¡claro que me gustan las cosas buenas porque te duran más y luces bien! Mira, hay una tienda de zapatos de dama muy reconocida que está frente a la Plaza Central, se llama Ozi, los precios son un poco altos, pero te enamoras de todo lo que ellos tienen..., cualquier taxi te lleva.

Cuando Mari se dispone a preguntar su nombre y de dónde son, la llaman para pagar, entonces, piensa para sí: «Se salvó de que le sacara la información precisa para desenmascararlo».

Salen de la tienda directo al hotel para comer algo antes de salir al Centro de Convenciones del Hotel Internacional —esa noche se dará un concierto de vallenatos con los más destacados intérpretes del momento— al que se proponen entrar si consiguen tickets. Buscan en la piscina a Alejandro y su novia para mostrar las compras y contarle el episodio de infidelidad del que fueron testigos. La novia ya ha subido a la habitación a cambiarse, lo que facilita la conversación.

—Querido, ¡no te imaginas a quién nos encontramos en la tienda de zapatos! De casualidad..., ¿tú sabes dónde está a esta hora el marido de tu cuñada?

Alejandro se encoje de hombros diciendo:

—Supongo que en su casa, con su mujer y su bebé ¿por qué?

Mari le aclara:

—¡Pues no es así! El hombre estaba hace minutos en la misma tienda de zapatos que nosotras comprando ropa y accesorios a su amante. Ellos hicieron la fila para pagar justo detrás de nosotras. Él asumió que éramos desconocidas; intenté desenmascararlo, pero Mariela no me dejó. ¿Tú crees que sea prudente decirle a tu cuñada todo esto? Me parece injusto y desleal no hacerle saber la verdad.

Alejandro salta de la silla y le advierte:

—¡No te metas en líos de pareja!, te metes y sales herida porque esa gente es extraña. Él se pierde por mucho tiempo de la casa haciendo negocios con divisas y ella, con tal de que le de dinero, ropa y prendas está feliz. ¡Nunca le reclama!, y... creo que ahora, que se piensa hacer cirugía plástica para quitarse el exceso de grasa y los defectos post embarazo menos le va a decir algo... ¡Mejor calladita!

Entonces, Mari con resignación le dice:

—Hermano, ¡ojalá nunca estés involucrado en hechos de infidelidad!, me dolería mucho saber que te engañan o saber que estás engañando a alguien..., solo te pido mantener tu amor propio y la firme convicción de vivir en paz, sin cargar con problemas emocionales que te resten energías...

Alejandro le responde:

—¡Tranquila que no me gustan los conflictos!

Llegan al Hotel Internacional. En la antesala consiguen los tickets numerados y están a tiempo para disfrutar previamente, de la exposición de arte que tiene el Hotel Internacional en la Galería Horus; allí se presenta la exposición de escultura paisajista de nombre *Renacer*. Alejandro, Alba, Mariela y Mari pasan a una sala espectacularmente iluminada en la que los focos moldean los objetos puestos en relieve; al centro, un cubo de cristal protegido por cordones de seguridad exhibe la imagen del autor de la serie *Renacer*: Ernest Rod. Cuando Mariela lo ve expresa:

—Es un hombre buen mozo, parece modelo más que escultor..., su rostro me es familiar.

Continúa la leyenda del expositor quien se presenta como «Ernest Rod. *Renacer*. Al filo de la muerte emprendí el paso a una nueva vida. De la mano de Dios corrí hacia la felicidad, encontré lejos de mi tierra natal el abrigo de una madre, el apoyo de un hermano futbolista y la formación del gran maestro en el arte óptico y cinético Charles Cross. Cada pieza de esta colección expresa un tiempo en el renacer de mi vida, un homenaje a todos los que hicieron posible este «Nuevo Yo» y una reconciliación con mi pasado». ¡Bienvenidos!

En cada cara del cubo aparece la misma leyenda, pero en francés, en inglés y portugués. Uno de los asistentes de la galería que se ofrece a acompañar el trayecto de la visita, les explica:

—Este joven artista formado en Francia nos presenta una exposición emotiva en la que condensa agradecimiento, perdón y alegría. Para nosotros es un honor formar parte de esta colección que se presenta simultáneamente en varias ciudades de nuestro país. Si detallan, cada pieza incluye una marca personal del artista, el tricolor, siete perlas blancas, y un balón de fútbol con elementos geométricos que parecen darle movilidad.

Mari se detiene en lo que aprecia como un balón de fútbol dentro de un globo terráqueo sostenido por el dedo índice de una mano que se eleva verticalmente. El tricolor aparece en líneas muy delgadas en uno de los pentágonos del balón y las siete perlas blancas, esparcidas sobre la franja amazónica de América del Sur. Esta escultura se llama «Dedo Sagrado».

Por otro lado, una dama en avanzada gestación, cuyo cordón umbilical que la conecta con el bebé, extiende las delgadas líneas del tricolor;

en su cuello una cadena delgada con siete perlas blancas, en sus manos sostiene dos agujas de tejer que tiran de un hilo blanco con negro que viene de un rollo que simula un balón de fútbol. Esta obra se llama «Origen». Otra de las obras es un birrete caído del que sale una silueta blanca con siete perlas en el corazón; la borla del birrete es un balón de fútbol miniatura que sostiene un cordón que lleva tres hilos tricolores. La obra se llama «Trance».

Mari y Alejandro están fascinados con la exposición. Aman el fútbol, por esta razón y por las habilidades de su primo, apostaron a la carrera futbolística de Peter. Están decididos a comprar dos obras: «Dedo Sagrado» y «Origen», la primera será un obsequio para Peter, a quién verán dentro de poco en Barranquilla, y la segunda, para la oficina de Mari. La asistente les advierte:

—Las obras solo pueden ser vendidas bajo una condición: podrán ser despachadas cuando termine la exposición, es decir, dentro de siete días. Si están de acuerdo podremos facturar y tomar la orden de despacho a la dirección que nos indiquen.

Alejandro acepta y solicita el despacho de la primera, directo a Barranquilla y la otra, para Chira.

En el espectáculo de vallenatos, abundan los ciudadanos del país de lo posible. Están presentes en mayor cantidad que los santandereanos, y se distinguen por un particular derroche de dinero y lujos; son los que más licor y comida consumen en el concierto, y por esta razón, los meseros se pelean por atenderlos, pues saben que con ellos, las propinas serán sustanciosas. El concierto está programado que termine a las doce, pero el Hotel tiene un *Lounge Bar* que trabaja hasta las dos de la madrugada, y la ciudad, en general, tiene una amplia gama de restaurantes y sitios nocturnos para extender la fiesta hasta el amanecer. Estas visitas, más el tradicional intercambio socioeconómico entre ambas franjas fronterizas, son las que sostienen considerablemente la economía de Santander. En este particular, el control de cambio aplicado en el país vecino ha favorecido la inversión en el sector comercial, financiero, hotelero y de servicios, también ha permitido mejorar vías públicas, inaugurar tres grandes centros comerciales y renovar su aeropuerto internacional, aunque la ciudad tiene una superficie de 1.176 km2 con una población cercana al millón de habitantes, y es de las ciudades más desatendidas por el gobierno central del país cafetero.

De vuelta al trabajo, a Mariela se le asigna la inspección de un contenedor de equipos médicos valorado en cuatro millones de dólares y debe realizarla con el Sargento Escobar y el asistente Araujo. En los almacenes de la aduana se depositan temporalmente las mercancías que están en tránsito para nacionalizar, también se encuentran contenedores abandonados por fallas en la documentación que luego nadie reclama. En esta oportunidad, Mariela tiene presente revisar el estatus del contenedor de la supuesta leche en polvo, decide pasar revista primero al contenedor de los equipos médicos, y luego, al de la leche. Escobar y Araujo ayudan a mover las cajas y máquinas que están cubiertas de plástico, al abrir las cajas Mariela detecta y exclama:

—¡Por favor, miren esto! las cajas contienen motores de carro usados, estoy segura de que no son equipos médicos; además, la factura no se corresponde con lo que hay en físico.

El asistente Araujo intenta persuadirla:

—Licenciada, pueden ser motores de equipos grandes para proveer energía autónoma a los hospitales.

Mariela insiste:

—En el supuesto de que sea así, el código arancelario sería distinto. Lo que aquí se facturó y certificó toma un código para obtener baja tasa de impuesto de nacionalización…, pero veamos el resto.

Siguen destapando los empaques y todos revelan chatarra, por lo que Mariela indica:

—¡Debemos reportar el ilícito!

Pero Araujo la conmina:

—Licenciada, es mejor que piense bien lo que va a denunciar…, en esta frontera la honestidad es castigada.

Ella le pregunta:

—¿¡Me estás amenazando!?

Él responde:

—¡De ninguna manera!, pero llevo mucho más tiempo que usted trabajando en esta zona y sé cómo se mueve todo..., ¡simplemente tenga cuidado!

Con esa advertencia de Araujo, Mariela ordena el cierre del contenedor, envía a los compañeros a llevar unos papeles a la oficina mientras se dirige al lugar donde quedó el contenedor de leche, visto el viernes. Para sorpresa suya el contenedor está abierto y dentro de él otros funcionarios están haciendo la inspección. Ella discretamente pregunta:

—¿Están inspeccionando o fiscalizando?

Una muchacha que está recién llegada al Departamento es la que le responde:

—Estamos inspeccionando la entrada de leche en polvo. Todo en orden, Licenciada.

Mariela vuelve a preguntar:

—¿Cuándo llegó este contendor?

Ella responde:

—El fin de semana ¿por qué?

Mariela la calma:

—Tranquila..., no pasa nada, ¡solo me llamó la atención el fuerte olor que expide este contenedor!

La joven agrega:

—¡Ah sí! El olor es normal, es un producto a base de leche de búfala que contiene más grasa y eso le eleva un poco el olor, pero no pasa nada Licenciada, ¿le puedo ayudar en algo más?

Mariela le responde:

—No, está bien..., ¡qué pena interrumpir!, fue una simple curiosidad, no más... ¡Nos vemos!

Mariela piensa: «Están registrando otra importación con el mismo producto que fue rechazado por mí el viernes, ¡Dios, están desangrando el país! Con razón Araujo me amenazó, ¡este es el canal para pasar el grueso de importaciones ficticias para sacar divisas a valor preferencial y colocarlas fuera del país...! si digo algo ¡me matan!, en eso tiene razón Araujo. Con razón al pueblo lo distraen con migajas de 4000$ al año, mientras los allegados al alto gobierno se llenan los bolsillos con millones de dólares en importaciones ficticias». Se va a su oficina, decide revisar por sistema los últimos movimientos de lo que ha visto. En efecto, constata que el mismo contenedor tiene tres solicitudes aprobadas en el último mes, lo que suma casi dos millones de dólares. Esto le atormenta. Sabe que debe actuar, pero primero debe velar por su integridad.

En otro contexto, Mario se reúne en Panamá con José Enrique. Se dirigen a un restaurante popular de la Provincia de Colón. Mario se le escapó al chofer y al escolta para poder conversar libremente con su amigo. Le explica a José Enrique:

—Esto de ser Embajador me ha quitado privacidad. A veces me siento atrapado en una burbuja que pronto estallará en mi cara. El agregado militar parece un robot que me vigila constantemente e interfiere en ciertas cosas que me hacen dudar de él.

A José Enrique le inquieta esa confesión y le dice:

—¡Tú eres el Jefe! ¿Por qué dejas que interfiera en tus labores? Acaso no puedes despedirlo ¿y ya?

Mario le informa:

—Ya solicité el cambio a Cancillería. Ellos dicen que tal cosa depende del Ministro de la Defensa…, aunque no lo creas, ese agregado tiene más poder del que pueda imaginar. Es protegido de Icol Adur y su esposa Florinda.

Pero José Enrique insiste:

—¡Tú eres el Jefe!, pero si esto te hace infeliz, mejor dedícate a una actividad privada, termina de formar un hogar con tu novia, vive tu vida no dejes que otros te la roben. Por cierto, no te he preguntado por Ruth, ¿qué hay de ella?

—Está dando clases en una academia de modelaje —agrega Mario—, está bien, hoy debe estar almorzando con una prima que vino de visita.

De pronto José Enrique le advierte:

—Nosotros hablando del Rey de Roma y él que se asoma, si no me equivoco la que está entrando al restaurante es Ruth y viene con…

Mario que está de espalda a la puerta, gira para ver quién está entrando, logra reconocer a Ruth tomada de la mano del Coronel Arles Millán vestido de civil. Los ubican en una mesa distante a la de ellos, ella besa a Millán y se dirige de inmediato al baño de damas.

Ninguno sale del asombro, Mario se levanta e intenta dirigirse a ellos. José Enrique le impide que vaya a enfrentar a la pareja de infieles, le expresa:

—Debes mantener la calma, no te conviene hacer escándalo. ¡Tú tienes más que perder!... Mejor, cuando la veas en casa resuelves el asunto.

Mario se desahoga:

—¡Ahora entiendo su comportamiento de los últimos meses..., entiendo los mensajes indirectos que varias veces, me dio el chofer...! ¡Claro! Él vive por esta Provincia, ¡los ha visto!, ¡qué tonto he sido!, con razón este militar todos los días le marca la ruta a mi chofer, para evitar que coincidamos ¡Todo esto es basura!, mi permanencia en este cargo es una tortura.

Entonces su amigo le alienta:

—Hermano, no mereces sufrir por un ser que no te ama, debes agradecer que tuviste la oportunidad de descubrir este hecho. ¡Eres una persona valiosa que merece ser feliz! Hermano, si estar aquí es una tortura para ti, entonces dedícate a lo que verdaderamente te apasiona, el periodismo y las relaciones internacionales, pero desde la óptica de un asesor privado.

Mario se descompone aún más, al observar que a la pareja se le suma un hombre de los bajos fondos a quien se le investiga por narcotráfico y lavado de activos. Recuerda que en reuniones con el Departamento de Seguridad de Panamá se le advirtió de este personaje y del posible vínculo de este con gente de su país, para fortalecer el negocio ilícito hacia Norteamérica..., ahora asocia ciertas cosas, que pide a José Enrique guardar en secreto:

—Esto es como un huracán de información que trato de digerir..., desde hace meses el agregado militar ha impedido que revise directamente la valija diplomática; por supuesto que nosotros tenemos unas normas para su manejo, pero en algunos supuestos, se permite al embajador revisarla como un mecanismo de prevención de abusos o fraudes..., pero mira que este militar no deja..., he llamado la atención sobre su comportamiento y no resuelven nada. Icol Adur lo protege, por lo que hemos tenido varias discusiones. Él no me ha despedido porque mi nombramiento fue una orden del Presidente, de lo contrario, hace rato me hubiera expulsado del Servicio Exterior.

Ahora, más sorprendido, José Enrique le aconseja:

—Hermano, estás hablando de asuntos muy delicados que involucran a altos funcionarios de tu gobierno. ¡Si los delatas... te matan!, debes elegir entre vivir en una burbuja de mentiras o vivir con tranquilidad.

Mario asiente:

—Tienes razón, nada de esto comulga con los principios que defiendo y por los que he arriesgado mi vida. No voy a convertirme en cómplice de estos tipos que se disfrazan de corderos.

Terminan el almuerzo tan rápido como fue posible y se alejan de aquel lugar. En el camino a la oficina Mario no pronuncia palabra; José Enrique lo acompaña hasta la entrada de la Embajada, se baja del auto y lo despide con un abrazo:

—Hermano, cuenta con nosotros tus amigos, lo que decidas lo respetaremos, ¡cuídate, estaré pendiente!

Mario regresa a sus actividades normales. Prepara una serie de reuniones, entre ellas, una, con antiguos camaradas que viven en la ciudad ejerciendo actividades comerciales, y otra, con un agente de inteligencia de la Oficina Internacional Antidrogas que conoció cuando se involucró en un proyecto de pacificación en la frontera de México con EE.UU. El propósito de ambas es preparar su salida de la Embajada y facilitar información de interés para desmantelar una red de tráfico que involucra a su agregado militar. Respecto a su adorada Miss, antes de que caiga el sol, le bloqueará las autorizaciones en sus cuentas y tarjetas de crédito, le modificará las combinaciones de las llaves electrónicas de la casa y le tendrá lista su maleta.

A la semana siguiente, un diario nacional informa de la renuncia del Embajador en Panamá, en el que se especula que su sustituto será un general en condición de retiro; aunque el reporte no da detalles de las razones que motivan la renuncia, deja entrever que el funcionario no logró alinearse a la manera de hacer política del líder rojo. Entre tanto, Mario evade las entrevistas para impedir la manipulación de la información o conflictos con el Presidente, a quién, por cierto, llamó muchas veces para reportar lo sucedido, sin obtener contacto, pues la Casa Militar le sugirió esperar a que el Presidente le devolviera la llamada; no obstante, para él, esto supone un mal augurio a su permanencia en las cercanías del gobierno. Por lo pronto, tomará un avión para Madrid a dar un par de conferencias sobre geopolítica petrolera.

En Madrid, en las inmediaciones del monumento La Puerta del Sol, Mario se tropieza con varios connacionales, pero él nunca se hubiera imaginado ver allí, al otro lado del continente americano, a su sucesora del diario *Notas Altas,* a Nina Loreto. Sin duda, es una sorpresa para ambos reencontrarse en la ciudad de La Villa y Corte, como también es coincidencia, que compromisos académicos los ubiquen al mismo tiempo y en el mismo lugar. Él hablará de geopolítica petrolera y ella de cooperación internacional antidrogas; las conferencias estarán en secciones diferentes, pero prometieron compartir la cena al salir de sus respectivas exposiciones. Al caer la tarde, el lugar recomendado para consumir algunas bebidas y tapas es el barrio Latino, en él se disfruta de un ambiente sobrio en medio de la encantadora arquitectura colonial vestida de llamativos colores, es un lugar menos concurrido turísticamente, pero más tranquilo. En esta ocasión, Mario y Nina se dan la oportunidad de conocerse un poco más; transcurren horas de buena charla hasta la madrugada. Al filo de la despedida Mario le agradece la velada y le propone:

—He disfrutado mucho esta noche..., tu compañía ha sido un aliciente para mi alma. Hoy te veo más linda... ¡no lo tomes a mal! te quiero plantear algo... ¿qué te parece si tomamos juntos un tour por varias ciudades de España?

Ella se queda pensando unos minutos y responde:

—No me parece correcto que un hombre comprometido esté sugiriendo un paseo a solas conmigo. La verdad también he disfrutado tu compañía, me encantaría seguirte..., pero el riesgo a señalamientos o malentendidos con tu novia, me quitan la inspiración.

—Ese ya no es un problema —dice Mario sonriendo— terminé ese compromiso hace un tiempo. Te ofrezco mi dulce compañía, la cual en principio, podría ser de quince días.

Ella acepta y toman un taxi al mismo destino.

La sucesión de eventos en la vida de cualquier persona pasa tan rápido, que cuando se alcanza la madurez y la comprensión del tiempo finito, en ese espacio, queda poco de ella. Cuesta entender la vida como un juego de dar para recibir, sembrar para cosechar; que el secreto de un buen vivir para el mundo entero, está en la calidad de lo que se ofrece y de lo que se siembra; al final todos probarán algún bocado de sus ofrendas o de sus frutos. Así, el cielo y el infierno se presentan como un mercado de bienes y servicios de buena o mala calidad, dispuestos por los hombres para sí mismos, por ello, no hay verdugo más cruel que las acciones del hombre contra la humanidad. Mario pasó mucho tiempo persiguiendo un sueño sobre los hombros de personas cuyos actos fueron dañinos para la sociedad, ahora entiende que es mejor transitar solo profesionalmente, que mal acompañado, que en su vida personal el amor es tan importante como un buen alimento para el cuerpo, y que el tiempo para el amor es una vitamina importante para alargar su vida. Hoy ha emprendido un nuevo viaje sin las cadenas ideológicas que lo apartaban de vivir plenamente.

«La pasión mueve el espíritu hacía lugares inimaginables. La pasión es amor, en el amor está la mano de Dios. Ernest Rod». En una tarjeta de presentación, el autor de la obra *Dedo Sagrado*, dedica su creación al destinatario de la misma. Él se muestra en una foto en blanco y negro al centro de un papel pergamino beige, dispuesto en un sobre azul imperial con cordones dorados. Peter, quien desde hace algunos meses vive en Barranquilla, recibe el regalo de sus primos, y no puede evitar emocionarse porque gracias a ellos, está viviendo su sueño; luego, cuando abre el sobre y observa la foto de Ernest Rod, se impacta al reconocer en él al muchacho que algunas veces jugó futbol en los campeonatos universitarios. Este joven perteneció al equipo de futbol de la Escuela de Arte, fue un buen atleta hasta que lo violaron y lo hicieron desaparecer. Verlo allí, como un artista de renombre internacional, le llena el alma de alegría, y expresa:

—¡Gracias Dios por salvar a Ernest y por poner en sus manos el don de expresar artísticamente la fe y la esperanza!

X
Ruptura

Al sonar del instrumental de «Por ti volaré», los contrayentes Ana y Antonio realizan ensayos para el acto nupcial. Entre los niños dispuestos para el cortejo están Aleja hija de Andrés y Gregory, hijo de Patricia. En la emocionante búsqueda de su amada, el novio imagina volar por mundos lejanos, promete explorar cielos y mares por ganarse su amor, piensa que sin ella todo es negro para su mirada; por ello, el dulce embrujo del enamoramiento moldea cada detalle del acto matrimonial. Ana cree estar cerca del hombre de su vida y Antonio, su prometido, cree estar caminando hacia la felicidad. Los niños juegan con los pétalos de las flores y el arroz, mientras el sacerdote intenta dar consejo matrimonial a los futuros esposos.

La boda será dentro de una semana y los novios están en los preparativos de la ceremonia civil y la eclesiástica. A propósito de ello, Ana está tratando de adelantar clases y evaluaciones en la Universidad para tomarse con tranquilidad el permiso que solicitará con ocasión de su luna de miel, mientras que Antonio como es Arquitecto y ejerce independientemente, dispone a conveniencia de su tiempo, por lo que dedica más horas a definir y coordinar detalles del festejo, cosa que además, hace con gusto por su fascinación por la decoración de interiores.

La Basílica de San Pedro en la Capital, es el escenario escogido por los novios para formalizar su compromiso. Su construcción data de 1952 y su arquitectura semejante a la de la Basílica de San Pedro en ciudad del Vaticano, son expresión del diseño primitivo visigótico. Cuenta con una nave longitudinal única pintada de bronce, con una imponente puerta central de madera tallada con magníficas figuras eclesiásticas, acompañada de dos puertas auxiliares también de madera labrada, que dan acceso a los pasillos donde se exponen las esculturas de los personajes más importantes de las sagradas escrituras. Al centro, un corredor de granito pulido en colores bronce y verde conduce al altar, en cuyo centro está plantada la consola de mármol desde donde se oficia el acto religioso, y en uno de sus soportes frontales de mármol marfil, se ha ido moldeando naturalmente la figura del Sagrado Corazón de Jesús. Esta edificación por sus dimensiones, expresiones artísticas en los pórticos y tradición, representa un monumento cultural de la Nación.

Poco antes de concluir la reunión con el sacerdote y el ensayo con los niños, llega a la Iglesia Marino Marín, el encargado de los arreglos florales. De pronto, Ana recibe una llamada de Patricia solicitándole encargarse de los niños, porque tanto Andrés como ella deben presentarse urgentemente al Colegio, para una reunión convocada por la Directora. En consecuencia, Ana no podrá acompañar a Marino en la búsqueda de las flores, pero para no hacerle perder el tiempo, Antonio asume la tarea y se retira con el joven de tez morena, cuerpo escultural y ojos verdes, a la tarea encomendada.

Ana se va con los niños a comer en uno de esos restaurantes de comida rápida que tanto adoran ellos; relajada, decide disfrutar el almuerzo y parte de la tarde en una especie de aventura exploratoria del mundo con hijos, claro, prestados y por poco tiempo, es difícil entender el tamaño del compromiso. En esta ocasión, Aleja y Gregory están muy emocionados por el paseo, aprovechan para jugar en el parque mientras sirven la comida. Ana los observa, se da cuenta de que Gregory ha dejado atrás a Aleja para aproximarse a una niña extrañamente vestida de verde, traje verde, medias *pantys* verdes, lazos verdes, zapatos verdes y pulseras verdes. Pronto, Aleja se cansa, regresa a la mesa con su «Ana Madrina». Se nota fastidiada:

—No quiero jugar más.

Ana le invita a sentarse e iniciar el almuerzo sin Gregory, que está muy entretenido. Así tienen espacio para hablar.

—Cariño ¿por qué no quieres jugar? ¡Te veo triste!

La niña tarda en reaccionar:

—Gregory hizo una nueva amiga y me dejó sola, entonces pensé que es mejor estar aquí.

Ana responde:

—Cariño, también puedes hacer nuevos amigos..., no te preocupes por mí, podemos quedarnos una hora más si deseas, pero no es eso lo que te tiene triste ¿verdad? ¡Sabes que puedes confiar en mí!

La niña se queda pensando unos minutos, se le pierde la mirada entre la gente, hasta que reacciona:

—Madrina, mira esa linda familia. Parece que esa mamá quiere mucho a sus niños, ¡ojalá mi mami tuviera tiempo para mí...! A veces pienso que no le importo. En casa, cuando estamos juntas se encierra y me deja sola..., Madrina, te juro que no le hice nada malo, ella parece molesta todo el tiempo.

Entonces, Ana la consuela:

—¡Tranquila mi amor!, no pienses en eso..., a lo mejor está estresada o está pasando por un mal momento, ¿se lo has dicho a tu papá?

—No se lo he dicho. Él llega muy tarde todos los días, y cuando me lleva en las mañanas a la clase, solo hablamos de cosas del colegio.

Ana la abraza, mientras le dice:

—Cariño, ¡cuenta conmigo siempre, no te dejare sola..., vamos a disfrutar esta tarde! ¿Quieres ir a cine?

En ese instante Gregory se incorpora a la mesa, se auto-invita al cine y le pregunta:

—¿Podemos escoger la película?

Ana asiente, y le pregunta por su nueva amiga, él le cuenta:

—Se llama Vegi ¡Es muy graciosa!

—Vegi de vegetal —le dice Aleja con una graciosa sonrisa.

—¡Bueno! —responde el niño— de vegetalmente hermosa.

Todos se ríen. Gregory es un niño extrovertido, con mucha imaginación. Les hace olvidar la tristeza y moverlas a su próxima aventura.

En otro lugar, en la sede del Colegio Católico se da una reunión de urgencia entre padres y representantes de los estudiantes de primaria, profesores y autoridades escolares, a fin de tratar el acoso físico y psicológico que vienen practicando los estudiantes entre ellos, acoso que comúnmente se conoce como *bullying*, y que está causando serios problemas de convivencia en el espacio escolar. Andrés y Patricia se encuentran en el auditorio, están preocupados por la información que intenta transmitir la Directora Sor Luz María, quien toma la palabra para expresar:

—Reciban todas las bendiciones del Padre, el Hijo y el Espíritu Santo para que todo lo que discutamos hoy, vaya en beneficio de la familia y el bienestar de los niños. Los hemos convocado a esta reunión extraordinaria porque el día de ayer tuvimos un episodio lamentable en uno de los sanitarios, donde un estudiante de primaria intentó suicidarse cortando las venas de sus muñecas con un cúter. Estamos hablando de un niño de nueve años abandonado por sus padres, quienes emigraron del país en busca de mejores condiciones de vida. Afortunadamente, el niño fue encontrado a tiempo por otro estudiante, y se pudo atender médicamente. Está estable y bajo observación psicológica. Al parecer, desde hace meses sus compañeros lo han estado acosando llamándole huérfano y burlándose del estado de su ropa y de sus útiles escolares, en los que se evidencia el descuido al que está sometido en casa de un tío. Parece —continúa la Directora— que la crisis se desencadenó porque una de las niñas que se sienta al lado derecho, observó cuando él dibujaba una persona con puñales por todo el cuerpo rodeado de charcos de sangre. La niña sin ningún cuidado lo denunció en voz alta ante la Profesora, lo que desencadenó un montón de murmullos con la frase «huérfano siniestro». Pese a que la Profesora conversó aparte con el estudiante, y solicitó entrevista con el tío, para luego remitirlo a la psicóloga, no pudo evitar el acto…, todo pasó muy rápido y provocó la reacción adversa del niño. El propósito de esta conversación, es llamarles la atención en cuanto a la responsabilidad en la formación integral de sus hijos, porque en casa debe enseñarse el valor del respeto, la solidaridad, la bondad, el amor a

Dios por sobre todas las cosas; en casa deben observar los cambios de comportamiento de sus hijos cuando están tristes, deprimidos, agresivos, ausentes o extraños. Ante esos cambios hay que actuar para evitar males mayores; en casa se enseña con el ejemplo, los hijos consciente o inconscientemente copian patrones de conducta de los padres, que luego proyectan aquí en los pasillos, en las aulas, en el patio o en la cancha; tengan en cuenta —advierte— que cada hijo es una semilla que necesita buen alimento todos los días, cuando esto falla el fruto saldrá defectuoso. Les invito entonces, a reflexionar a lo interno de sus hogares y conversar adecuadamente con sus hijos para orientar ese comportamiento abusivo hacia otro respetuoso y solidario; nadie puede estar ajeno a situaciones extremas que muevan los cimientos de su tranquilidad. Quiero que tengan presente que el trabajo de esta institución es formar académicamente a sus hijos, al tiempo que reforzamos la formación en valores positivos que ellos deben traer desde el hogar. Nosotros velamos porque el tiempo en el que ellos deben permanecer en estos espacios estén seguros, pero este trabajo será en vano si ustedes, desde sus casas, no hacen el trabajo adecuado. ¡Gracias por asistir a esta reunión tan importante para el bien de sus hijos! Sé que algunos desean intervenir, pero para optimizar el tiempo y calidad de las intervenciones, les pediré que se circunscriban a un tiempo máximo de 5 minutos.

La expresión de asombro en muchos representantes es elocuente. La mayoría no se atreve a pronunciar una palabra. Claro, es típico que una parte de los padres prefiera guardar sus comentarios para la casa, como también es típico que otros hablen en demasía. Por esta razón, la Directora siempre tiene un moderador del tiempo. En esta oportunidad, interviene el Señor Jeremy, conocido colaborador de altos funcionarios del partido rojo, especialmente, de aquel legislador que fue grabado en vivo por el canal de la Colina accionando un arma de fuego contra una multitud de personas que marchaba en contra del gobierno, este Señor señala:

—Estimo que tener en el Colegio a un estudiante que no se quiere a sí mismo, que tiene problemas, es un peligro..., porque puede ser capaz de atentar contra algún compañero. ¡Nosotros no debemos permitir un riesgo de tal magnitud para nuestros hijos! La Profesora debió, apenas recibió la denuncia, suspender a ese estudiante. Fíjese que por no hacerlo, el problema se hizo más grande. En mi opinión, ¡ese estudiante debe ser expulsado, su presencia aquí es un peligro!

Tal intervención provoca diversas reacciones. Se escucha el murmullo de la gente…, hasta que la Señora Burgos solicita intervenir:

—Opino como el Señor Jeremy ¡Ese niño es un peligro para el resto de los estudiantes, entonces propongo lo cambien de aula o lo transfieran a un Centro de Educación Especial para gente con problemas!

La reunión tiende a dispersarse. Algunos representantes buscan huir del lugar como si el asunto no revistiera importancia, por lo que la Directora les ordena permanecer en la sala hasta que concluya la reunión. Entonces interviene Patricia:

—Me sorprende que ninguno de los que me han precedido en la palabra haya manifestado un mínimo de consideración por la situación particular de ese niño. Me entristece pensar que ese niño pudo ser mi hijo Gregory, porque ninguno de nosotros está exento de un percance como ese o cualquier otro. Aquí nadie se ha puesto en el lugar del niño o de su familia para entender la crisis por la que deben estar pasando ¿Qué clase de seres humanos somos? ¿Qué hacemos en un Colegio religioso? ¡No somos nadie para juzgar la desgracia ajena! Lamento mucho lo que debe estar pasando ese niño, pero también lamento enterarme apenas hoy de un problema que lleva meses, porque tal vez si se hubiera intervenido a tiempo, esto no hubiera ocurrido. No estoy de acuerdo con expulsarlo. Debemos ayudarlo a salir de su depresión y debemos revisarnos a lo interno, a ver qué clase de personas somos y qué clase de personas queremos sean nuestros hijos. Cuando entramos al Colegio aceptamos su doctrina, pero más que aceptarla hay que practicarla, practicar el amor al prójimo, el temor a Dios, la bondad y la solidaridad.

Ante lo dicho por Patricia, el Señor Jeremy vuelve a pedir la palabra. El moderador le niega otra intervención, porque hay otros a la espera de opinar, pero el hombre testarudo grita a todo pulmón:

—¡Que lo saquen de aquí! ¡Un Colegio Católico no puede aceptar a un ser que viola los mandamientos de Dios!

Otra representante lo interrumpe para recomendarle:

—¡Usted sí que necesita de Dios! ¿Por qué tanto egoísmo, tanta indolencia, y tanta soberbia? ¡Aquí todos debemos revisar el comportamiento de los muchachos! Puede ser que el niño tenga un problema de base que lo afecta, pero también el trato de sus compañeros hacia él, le pueden estar empeorando su existencia. ¡Ningún padre o representante en su sano juicio, debe ignorar lo que está pasando! Debemos orientar, pero también llamar la atención a nuestros hijos en casos como estos. ¡No estoy de acuerdo con expulsarlo!

El Señor Jeremy intensifica su protesta al punto de hacer romper la reunión. La Directora se ve obligada a darla por terminada y convocar a una próxima entrevista de manera individual, con los padres y representantes y sus respectivos hijos con el psicólogo de la Institución. Andrés y Patricia caminan juntos y van comentando lo que acaban de presenciar, ella le pregunta:

—¿Aleja te ha dicho algo del acoso a ese niño?

—¡Nada! estoy tan impresionado como tú con todo este drama… Ignoro si le ha comentado algo a la mamá…, te cuento que estos días he tenido mucho trabajo. Estoy regresando tarde a casa, y para entonces, ella está dormida. Patricia, ¡me aterra que algo así pase por la mente de mi hija o de tus hijos! Es desagradable estar atrapado, sin familia que te apoye y sin amigos. Imagino que ese niño debe tener una profunda tristeza por la partida de sus padres…, el cambio de su entorno doméstico debe ser adverso cuando el tío no está pendiente de su presentación personal, ni de su rendimiento en la escuela, y para colmo, es humillado por sus compañeros de clase… ¡Con razón se siente perdido! —responde Andrés.

Patricia agrega:

—Me cuesta admitir que una madre se desprenda tan fácilmente de sus hijos, máxime a tan temprana edad, yo, a eso de irse del país en busca de mejores condiciones de vida al costo de abandonar a un hijo, no le encuentro sentido. Lo triste es que cuando ganas un poco de dinero pierdes a tu hijo ¡mal negocio!

Pero, Andrés le asegura:

—A simple vista tus argumentos son válidos, pero hay que estar en los zapatos del otro para comprender la razón de esas decisiones tan drásticas. Ojalá ese niño consiga consuelo en algún lugar para que salga a flote.

Como Gregory y Aleja están de permiso para asistir a los ensayos de la boda de su Ana Madrina, no han tenido oportunidad de enterarse de los sucesos del Colegio, pero cada uno ha manifestado tener conocimiento del maltrato que otros compañeros le propinan al niño, llamándole huérfano o niño raro o niño pobre, y ambos coinciden en señalar que una de las personas que más lo acosa es la hija del Señor Jeremy. Esa niña no es del agrado de Gregory ni de Aleja. Ellos prefieren reunirse con otros niños que juegan a metros de distancia de ella, y algunas veces juegan con Louis, pero la mayoría del tiempo él se oculta durante el receso. Mientras conversan sobre lo sucedido, Aleja le dice a su padre:

—Papi, es muy triste lo que le pasa a Louis, él anda con sus zapatos rotos y muchas veces va al Colegio sin comida. Papi ¿te molesta si regalo mi comida de la merienda a Louis? Tengo suficiente con el desayuno que me das en casa.

Andrés conmovido con la nobleza de su niña, le asegura:

—¡No me molesta!, para cuando él regrese a clase prepararemos doble merienda.

—¡Gracias Papi, ojalá nunca me dejes!

A tres días de la boda, Ana se reencuentra con sus amigos de la Universidad, Patricia, Andrés, José Enrique, Peter y Mario para celebrar la despedida de soltera. A la pequeña recepción, también llegan Leonel un amigo de Peter, Susana su novia y Nina Loreto la esposa de Mario. Esta reunión se desarrolla en un ambiente abierto, sobre una colina con vista a gran parte de la ciudad. Es un restaurante de comida mediterránea de los más exclusivos de la Capital. En uno de sus salones privados, están dispuestos varios muebles y una gran mesa con una vajilla moderna y copas de cristal Bohemia tallado. A lo largo del centro de la mesa, están dispuestos varios arreglos florales sobre bases poco convencionales: tazas, hieleras y jarras, con cubiertos de madera como accesorio del arreglo, el cual contrasta con Lirios color rosa y Peonías color marfil. En una mesa alterna, un pastel decorado en colores rosado, negro y blanco, exhibe una figura al centro que representa un par de grilletes y una lectura que dice: «Aún están a tiempo de arrepentirse».

La decoración del salón es sobria, de muy buen gusto, muy cercana a la personalidad de Ana, y se complementa con música pop en inglés y español a un volumen propicio para conversar. En esta velada se rememora los momentos más significativos de la universidad y de la vida de cada uno en su desempeño profesional. Después de los primeros aperitivos, se incorpora un trío de músicos cantando un popurrí de canciones pop románticas que elevan el ánimo de los presentes a tal punto, que Leonel toma a Ana como su pareja de baile. Ambos disfrutan plenamente el momento, se les ve muy a gusto bailando y conversando. Para los espectadores, Ana está como nunca, irradia un encanto especial y una empatía extraordinaria con Leonel que no exhibe con su prometido. Ninguno se atreve a interrumpir su festejo, respetan su libertad pensando: «Tal vez encuentre motivo para no ir con Antonio al altar».

En la cuenta regresiva, los preparativos generan una carga de estrés para los novios muchas veces mayor al compromiso que pretenden asumir, sin embargo, Antonio, a diferencia de otros novios, ha asumido casi toda la responsabilidad de dirección y ejecución de los detalles de la ceremonia. Pocas cosas han estado a cargo de la novia. Ella está más preocupada por adelantar trabajo y atender a sus amigos que están de visita por la Capital. Tanto es así, que su hermana Sor Luz María y su mamá, le están ayudando con los detalles del vestuario suyo y el de los niños.

Hoy, como se ha hecho habitual en la Capital, otra marcha de seguidores del líder rojo contra el imperialismo colapsa el tránsito, Ana está cerca de la Basílica de San Pedro, pues la intención es retirar su vestido de novia, pero la manifestación pública se lo impide; entonces, guarda el carro en un estacionamiento y se dispone a caminar hasta la Iglesia para encontrarse allí con Antonio. En el trayecto, una banda de encapuchados con gorras rojas está rayando paredes en contra de los sacerdotes católicos. Las imágenes sagradas apostadas en la plaza contigua a la Basílica están siendo destruidas, los manifestantes están poseídos por alguna fuerza maligna que va dañando todo lo que encuentra a su paso, la violencia está fuera de control. Ana debe correr para evitar ser víctima de una muchedumbre agresiva, logra entrar por una puerta alterna a la Iglesia, que la lleva a un patio trasero en el que hay un cuarto para depósito de cosas y un largo corredor que bordea la casa sacerdotal. Los nervios y el instinto de sobrevivencia la obligan a entrar en el cuarto de depósito. Para su sorpresa, adentro están Antonio y Marino desnudos, cuerpo contra cuerpo, desbordados de lujuria, poseídos por una pasión que les impide anticipar la presencia de Ana en la escena. Ella queda estupefacta, incapaz de reaccionar y al desvanecerse, tumba un candelabro, llamando la atención de los amantes, Antonio procura vestirse mientras le pregunta:

—¿Qué haces aquí? Te advertí que no vinieras.

Ana comienza a llorar, se acurruca, se tambalea y le responde:

—¡Esto es absurdo, no entiendo...! esto es una pesadilla, ¡no puede ser! ¿¡Qué clase de ser eres tú!? ¿Por qué me engañaste? Me estás utilizando para ocultar tu homosexualidad. ¡No merezco esto, no es justo!

—¡Nada es justo Ana! ¡Perdóname! La sociedad no es justa con personas como Yo. Pensé que contigo podría cumplir con los convencionalismos de esta sociedad, aparentar una familia feliz..., tener un hijo, y mientras, vivir en la clandestinidad mi verdadera tendencia. Supongo que no entiendes, ¡nadie entiende que he dejado de ser feliz para complacer a los demás, a mis padres, al gremio, a los amigos! Todos los días siento la tortura de la condena a la homosexualidad. ¡Claro que no tienes la culpa...! Puedes irte o puedes casarte conmigo con esta verdad. Te prometo estabilidad económica y una fuente de apoyo para lo que desees hacer para ti y para el hijo que tengamos.

—¡No quiero una fachada de matrimonio, solo quiero ser feliz! —le grita Ana— ¡No puedo vivir una doble vida, esto no puede ser! No puedo seguir adelante con esta farsa. Ana se aparta de él y se retira hacia el altar a llorar.

Mientras tanto, en casa de Andrés, Aleja y su mamá acaban de regresar del salón de belleza donde le arreglaron el cabello con una trenza tipo cintillo decorada con pequeñas flores blancas. La madre aprovecha para tomarse innumerables fotos con su hija, la acompaña al cuarto para ayudarle a ordenar el vestido, los zapatos y los accesorios para el evento del día siguiente. Extrañamente se desborda de cariño por la niña, porque lleva meses ensimismada, abstraída de la realidad de la casa. Pero el corazón de un niño no guarda resentimiento, siempre está abierto para recibir la atención de sus padres. Aleja está feliz de compartir con su mamá esas pequeñas cosas propias de las niñas. En ese momento, la madre la abraza con mucha efusividad y le dice:

—Hija querida, debes saber que te amo, que siempre te amaré y que pase lo que pase, nunca dejaré de ser tu mamá.

—También te amo mami —responde la niña feliz.

Acto seguido, como de costumbre, la madre se encierra en su cuarto. Al pasar un largo rato, la niña le toca la puerta para mostrarle un esmalte para las uñas. Tarda un poco en dejarla pasar, pero cuando abre, se ve sobre la cama una maleta grande llena de su ropa, y una carta dirigida a Andrés y a la niña. De inmediato Aleja reclama:

—Mami ¿qué haces? ¿Por qué esa maleta?

—¡Me voy del país —le responde— iré en busca de trabajo y de una vida mejor, aquí no he podido hacer nada, me cansé de esperar que la situación mejore, quiero darte un futuro mejor, pero en este país todo es complicado, estoy segura que afuera me irá bien y tan pronto pueda vendré por ti, ¡te lo prometo! ¡Debes ser fuerte hija, no te preocupes, te estaré llamando! ¡Es lo mejor para todos, querida! —asegura la madre.

—¡Mami, pero vivimos bien, mi papá trabaja, él te ayuda, no tienes que irte! —suplica la niña.

—Hija es complicado... ¡soy yo la que no se siente bien con todo esto, me asfixia la situación del país!, tu papá no entiende eso porque está ocupado todo el día y no quiere ver la realidad.

—¡Mami —dice la niña llorando— entonces llévame contigo!, ¡no quiero que te vayas!, ¡no quiero que me dejes! ¡Mami... yo hago lo que tú digas, pero no me abandones!

—¡Hija no puedo llevarte! —sentencia la madre mientras cierra la maleta y toma su bolso de mano para partir.

—¡Mami por favor llévame!, ¡mami escúchame!, ¡mami no lo hagas!, ¡mami no te vayas!, ¡mami mírame!, ¡mami no me dejes, por favor escúchame...! ¡No quiero quedarme sola! ¡Mamiiiiiiiii! —Aleja corre detrás de su mamá suplicando con lágrimas en su rostro, para que no la abandone.

Fuera de la casa, la niña intenta colgarse del brazo de su madre, pero esta la suelta, llama a la vecina y se la entrega, se la encomienda y corre hacia el taxi. Una vez que el taxi inicia la marcha, la niña se desprende de la vecina y corre detrás del vehículo en un intento desesperado por detener la marcha del carro que se lleva a su madre. Sin lograr alcanzarla se arrodilla y llora inconsolable, la vecina la abraza y trata de calmarla:

—No llores, ella se va por tu bien.

—¡Mentira! No le creo, ¿por qué los niños tenemos que soportar los problemas de los grandes? Si me quiere ¿por qué me abandona? —expresa Aleja con profunda tristeza.

En su interior, Aleja debe estar pasando la imagen de Louis abandonado por sus padres. La tragedia que él vive, ahora le tocará a ella, jamás imaginó lo que ese niño sufre hasta hoy. Muchas preguntas y muchos cuestionamientos rondan en su cabeza: «¿Qué hice? No tengo la culpa de lo que pasa en el país, ¿por qué dijo que me amaba si me iba a abandonar? ¿Por qué no me lleva? ¿Qué me dirán en la escuela? ¿Qué haré sin ella? Nos hubiéramos ido todos, pero es que no me quiere» Aleja pide el teléfono a la vecina para hacer una llamada a su Ana Madrina, Ana le responde y promete ir de inmediato por ella.

Ana rescata a la niña de donde la vecina, ambas se abrazan y se ponen a llorar, la niña inconsolable en una crisis reclama:

—Madrina, ¿por qué me abandonó?, ¿por qué a mí? Yo me porto bien, no quiero quedarme sin ella, no tengo la culpa, ella se fue sin pensar en mí, ¿qué voy hacer sin una mamá?

XI
Once

De manera extraordinaria, el cielo de la Capital proyecta un halo solar de color rojo, el efecto óptico de los cristales de hielo suspendidos en la troposfera alrededor del sol, es un fenómeno de la naturaleza que pocas veces puede verse en climas templados, pues la aparición de este anillo iridiscente es propia de climas fríos como la Antártida, Alaska o Canadá. Para esta metrópoli tan convulsionada por el tráfico, la sobrepoblación, el ruido, la inseguridad y las contradicciones, tal evento pasa desapercibido a la mayoría, solo en la conciencia de ciertos profesionales, curiosos o personas como Sor Luz María, el fenómeno es digno de atención, considerando que ocurre el mismo día en que exhuman los restos de Ivar, el prócer de la Patria. Pese a que el Ejecutivo justifica tal hecho por una supuesta investigación criminal relacionada con las causas de su muerte, despierta suspicacia por la creciente injerencia de la magia negra y la santería en las esferas del poder central.

Previamente había ocurrido: la decapitación en todo el país de varias imágenes sagradas para los católicos; la agresión a sacerdotes; la expulsión de organizaciones misioneras presentes en zonas selváticas y la instalación de altares de santería en oficinas del gobierno, incluso militares. En las inmediaciones de la capilla del Colegio, Sor Luz María conversando con el sacerdote Joseph sobre la extraña aura que rodea al sol y los eventos que a la misma hora se desarrollan en el Mausoleo, expresa:

—Padre, hemos dispuesto una cadena de oración para contrarrestar las malas energías que irradia la Capital. Recibimos instrucción de la Madre Superiora de mantener en llama ardiente el altar a la Santísima Trinidad, y pedir a nuestros feligreses unirse en oración a las once de la mañana; debemos rezar el Padre Nuestro y pedirle que aleje todo mal de esta Tierra, que espante al maligno y que prevalezca la luz en nuestro espíritu. Como ve, nuestra congregación se mantiene escéptica sobre las verdaderas intenciones de la exhumación de los restos del prócer. Un procedimiento que se suponía científico se convirtió en un ritual que comenzó a las once de la noche, en tiempo de luna llena, con la presencia de más de cuarenta políticos situados al lado del líder colorado y todos vestidos de blanco. Esto, unido al acompañamiento de sacerdotes de Orula hace pensar que no andan en cosas buenas. Adicionalmente, tomaron varias partes del esqueleto de Ivar: algunos dientes y huesos fueron depositados en una caja negra, repujada con una insignia desconocida.

—Hermana Luz María —le aconseja el sacerdote— debemos estar preparados espiritualmente para tiempos difíciles. El mal nunca descansa, lo que están haciendo hoy se proyecta en ese anillo solar rojo, esto puede ser alusivo a sangre y destrucción ¡Que Dios nos proteja! Le confieso algo, en todo el tiempo que llevo trabajando en la Arquidiócesis de la Capital, no había visto un Presidente que desafiara tanto a Dios, a lo sagrado y a la naturaleza misma. Como bien sabe, ese anillo puede ser constitutivo de un mal presagio. Recuerde aquel pasaje en Génesis 9: 8 –15 en el que aparece el arcoíris como símbolo de alianza entre el cielo y la tierra, establecido por Dios después del Gran Diluvio que acabó con la vida en la tierra. Seguro vendrán cambios, no sé de qué orden, pero debemos estar atentos y trabajar para restablecer el equilibrio.

Todas las televisoras y estaciones de radio están obligadas a transmitir el acto de exhumación, quien desobedezca será duramente sancionado por el organismo que regula las concesiones del espacio radioeléctrico. Sin embargo, a pesar de las amenazas, el canal Radio TV, en franco ejercicio de la libertad de expresión, decide desdoblar la pantalla: del lado izquierdo transmite imagen sin audio de la exhumación y, del lado derecho, entrevista a un reportero de la Agencia Internacional de Noticias en

Suiza. Desde Suiza, se reporta la repatriación de varias toneladas de oro de la reserva internacional del país de las mises, según cuenta: «Fuentes del Banco Suizo aseguran que el gobierno del país de las mises decidió, por razones de soberanía, trasladar sus reservas de oro a su Banco Central». Lo más curioso del hecho, según indica el periodista es que «el retiro se inició hace dos meses. Hoy se está entregando una cuarta parte del total que estuvo depositado en este Banco». Del mismo modo —aclara— «el Banco Suizo emitió un balance de cierre de cuenta con el país de las mises, y declara exención de responsabilidad por el destino final de tales recursos».

Consecuentemente, el traslado del oro de la reserva internacional despierta suspicacia en los medios de comunicación, en los opositores y en varios ex funcionarios del Banco Central. Por ello, el noticiero decide entrevistar al Doctor Manuel Cesares, para que, más allá de la simple especulación, pueda ofrecer una opinión más objetiva y cercana a dilucidar lo ocurrido. Entonces, a la pregunta ¿cuál es el significado de tal operación? señala:

—Es válido que los países movilicen sus reservas en oro de un Banco Internacional a otro. Pueden hacerlo por seguridad, para colocarlo como garantía en operaciones de crédito, o sencillamente, por operaciones de venta para atender contingencias en el país. Lo que llama la atención de este repentino patriotismo, es que no existe una contingencia que justifique esa movilización. Del mismo modo, llama la atención que el Director Principal del Banco Central informe lacónicamente, a través de las redes sociales, que el cargamento viene de Francia, siendo que el mismo estaba depositado en Suiza. También llama la atención, que no exista información oficial sobre el monto exacto objeto de repatriación, ni cuánto efectivamente ha ingresado a las bóvedas del Banco Central. Lo único que sabemos según la *World Gold Council*, es que nuestras reservas internacionales en oro, estaban muy cerca de las 373 toneladas. Entonces, saltan las dudas y una fundada desconfianza en el manejo del asunto. ¡Hay que decirlo!, las circunstancias que rodean la repatriación son poco transparentes, como seguramente lo serán, una vez se encuentren en el Banco Central. A todo esto, súmele la serie de denuncias que señalan al Director

Principal con manejos irregulares de las divisas de la República, y que favorecen a familiares y amigos del líder colorado.

La periodista le insiste:

—Bueno, si no hay contingencia que justifique ese acto, ¿cuál es la razón de traer el oro al país?

—Lo que voy a decir es una idea hipotética, visto que el cargamento salió de Francia y no de Suiza como debió ser, es posible que lo que señalan como retiro haya tenido relación con una venta o una operación de préstamo. Esto obedece al hecho de que los Bancos franceses generalmente sirven de intermediarios a varios Bancos europeos, en supuestos donde se requiere liquidez en dólares, lo cual realizan a través de operaciones *swaps*. Entonces, buena parte del oro no estaba en Suiza sino en Francia, el detalle como dije al principio, es el manejo poco transparente de ese inventario —explicó el Profesor Cesares.

La periodista continúa preguntando:

—Profesor, recientemente usted publicó un artículo en la revista internacional *Economía y Política ABC* en la que afirma, cita textual «Con este gobierno el país perdió una oportunidad de oro para desarrollarse, el proyecto colorado es involutivo» ¿puede, por favor, ampliar la idea para la audiencia?

—¡Por supuesto! El artículo expresa con datos históricos y comparativos de los últimos diez años, el declive socioeconómico de la Nación, a pesar del más de un billón de dólares que entró por venta de petróleo y endeudamiento externo. La idea que citas, condensa que una serie de acciones intervencionistas del gobierno colorado, como parte de una política económica asociada a una política ideológica cargada de complejos retrógrados, está causando graves daños a la salud socioeconómica de este país. Lamentablemente, copiaron y ejecutaron errores económicos de otros sistemas fracasados del mundo, de modo que hoy, para disfrazar la verdad, construyen enemigos ficticios en quien descargar la responsabilidad. Confunden a los ciudadanos con cuentos, y por si acaso, para evitar cualquier manifestación de inconformidad, regalan caramelos baratos para callar a la gente. En resumen, como el Estado no ofrece seguridad jurídica para invertir o mantener las inversiones privadas, nadie

—medianamente sensato— se atreve a colocar un dólar en suelo nacional, y los que están, desesperadamente quieren vender para mudarse a otro territorio más seguro. Las cifras de empresas que huyeron en la última década es alarmante, el desempleo sigue en ascenso, y estamos perdiendo el capital humano, todos los días se fuga nuestra mano de obra calificada. Además, el dinero que debió invertirse para el desarrollo del país está en otras manos, en otros gobiernos o en otros países que juran lealtad al proyecto colorado, lealtad que se mide por intereses económicos, no más. ¡Vamos directo al abismo económico!

La Periodista expone:

—Pero no se debe ignorar los programas sociales dirigidos a los más pobres Profesor, son muchos pensionados, madres solteras y estudiantes que reciben ayudas del Estado, seguramente ellos no estarán de acuerdo con su opinión.

El Profesor sentencia:

—Insisto, ¡reciben caramelos baratos! Les hacen creer que con ello ejecutan la gran obra. ¡Falso! Revisen las inversiones a lo largo y ancho de los países de la alianza colorada petrolera, allí está la mayor parte del dinero nuestro, está en refinerías, centrales eléctricas, bonos de deuda, televisoras, bancos y hospitales, etc. Aclaro, no condeno a esas personas que reciben la ayuda, pienso que a la gente hay que ayudarla en un momento determinado de necesidad, pero cuando se convierte en una política reiterada de sostenimiento a la castración de la capacidad productiva de un ser humano, ¡no puedo aceptarlo!, lo condeno porque es una puñalada al corazón del progreso de una Nación.

—Profesor, pero ¿qué sentido tiene dejar en manos extranjeras el dinero del país? ¿Será que esas inversiones traerán beneficios en algún momento?

El Profesor afirma:

—El sentido puede ser múltiple, por ejemplo, uno de ellos puede estar relacionado con la violación de derechos políticos, sociales y económicos a manos del gobierno colorado, y otro, puede estar relacionado con los delirios de grandeza del líder rojo. En el primer supuesto, el voto mayoritario de países de la alianza colorada, sirve para contener una que otra condena de organismos multilaterales al Estado por violación de derechos humanos o derechos económicos; y en el segundo, regalar lo ajeno a países menos afortunados que el nuestro, sirve —entre otras cosas— para consolidar la imagen de alguien que se cree la reencarnación de un prócer de la patria. Ahora, que tales inversiones puedan o no reportar beneficios a largo plazo, depende de los términos de esa colocación. El detalle es que la mayoría quedó a modo de donación sin pasar por los controles legales internos de la Nación, otras están puestas en bonos de deuda que reportarán beneficio en la medida en que los emisores logren enderezar sus economías. Las entregas de petróleo a precio preferencial y a crédito no es buen negocio, y de las otras inversiones se desconocen los términos.

A propósito de la mención «la reencarnación del prócer», la entrevistadora pregunta a Cesares:

—¿Usted cree que ese delirio tiene que ver con la exhumación de restos del prócer Ivar?

Él asegura:

—¡Sin duda! El ritual que a esta hora están desarrollando en el Mausoleo es una prueba fidedigna de ello.

La periodista aclara:

—Sin embargo Profesor, se ha dicho que el propósito es investigar las verdaderas causas de muerte de Ivar, porque supuestamente existen fundados indicios para sospechar que el prócer fue asesinado, ¿usted qué opina?

El profesor Cesares le responde con firmeza:

—Ellos ofenden la inteligencia de los ciudadanos, ¡nos tratan como estúpidos! Ese argumento es un trapo rojo para distraer la verdadera intención de la exhumación; y el ritual es un recurso esotérico para dosificar el delirio de grandeza del líder colorado y sellar con magia negra pactos con sus adeptos, porque para desgracia del pueblo, los que le siguen en esa locura, son personas que ocupan puestos clave para la vida de la Nación. Allí están militares y funcionarios de todos los poderes públicos.

La periodista agradece la participación del Doctor Manuel Cesares, reconocido asesor político latinoamericano y profesor de la prestigiosa Kukenan University y continúa con otras informaciones:

—Recientemente, un anónimo hizo llegar a nuestra sede, una fotografía que se presume sea de Gina Vulton. En ella se observa una dama sosteniendo un periódico internacional publicado hace 15 días. Como pueden apreciar en sus pantallas, las vendas ensangrentadas en los ojos de la dama, impiden su identificación plena, además, se evidencia en ella un significativo deterioro de sus condiciones físicas, lo que hace difícil asegurar que sea Gina Vulton. Esta dama está extremadamente delgada, presenta algunas cicatrices y signos de tortura como la amputación del dedo meñique de su mano izquierda y el cabello trasquilado. Fíjense, el vestuario que exhibe, está en malas condiciones, tiene un pantalón de campaña desgastado y una franela blanca percudida, con restos de un estampado aparentemente de flores. Sus manos están sucias. El sucio no deja percibir si lo que parece un lunar deforme de mediano tamaño en su mano derecha, sea efectivamente eso. Para verificar la autenticidad de la imagen y la posible identidad de la dama, nuestra redacción consultó a un experto forense, quien aseguró que la foto es auténtica. Según él: «No se aprecia alteración de sombras ni bordes, ni irregularidades en los detalles de la fotografía, que hagan presumir falsedad. Por otro lado, las características de la persona fotografiada, como el lunar en la mano derecha y otro en su rostro, debajo del lóbulo de la oreja derecha, el dedo amputado y parte del vestuario, como la franela que llevaba puesta el día del secuestro y que, aunque deteriorada, en ella persiste un bordado con las iniciales RV (una marca que trató de impulsar la Miss antes del rapto) hacen presumir que la persona fotografiada es Miss Gina Vulton». Esperamos que la señorita Vulton pueda ser localizada. Se pide a las autoridades mayor diligencia con este caso, y para facilitar su búsqueda, se ha hecho entrega de esta evidencia a las autoridades competentes junto con el informe forense realizado por un experto privado.

— • —

De vuelta al trabajo de las estadísticas, en las oficinas de la Consultora Nuevo Siglo, José Enrique y Andrés discuten los parámetros para aplicar la próxima encuesta. Esta fue contratada por empresarios que desean medir preferencias electorales, entre los principales contendores de las elecciones presidenciales del próximo año. En esta ocasión, parte de ellos sobreviven al intervencionismo y la inflación. Por ello, les urge saber, con suficiente anticipación, el pronóstico político de la Nación, lo que según expertos, corresponde a «actos preparatorios de la tercera oleada de fuga de capital». A propósito de esto, José Enrique comenta:

—Al parecer todo el mundo se quiere ir, ¿seremos los últimos en apagar la luz?

Esto de las huidas, partidas o despedidas no es tema del agrado de Andrés. Desde niño está lidiando con distintas pérdidas: su mamá lo abandonó muy temprano, luego su papá lo ignoró, la abuela que lo formó murió, sus tíos emigraron, y su esposa lo dejó. Ahora tiene que ayudar a su hija a superar la partida de su mamá, por tanto, alega:

—¡No iré a ningún lado!, seré el último en apagar la luz.

—¡Tampoco pienso irme, aquí crecí, mis padres me tienen solo a mí, los mataría de la tristeza si les dijera que me voy del país! Estoy agradecido por la cantidad de procesos electorales que se han realizado en la última década, porque nos ha dado bastante trabajo. Claro, hay que admitir que la situación se torna difícil, pero ante eso, creo que debemos ampliar nuestro campo de acción…, algo así como ofrecer *coaching* empresarial, por ejemplo —añade José Enrique.

—En mi caso, creo que me someteré primero al consejo de un *coaching* emocional, no vaya ser que, en lugar de atraer, asuste a los inversionistas —expresa Andrés con una sonrisa en su rostro.

—¿Te sientes bien? —le pregunta José Enrique.

—Sí, estoy bien, ¿por qué lo preguntas? No creas que estoy arrastrando el alma por mi ex esposa, ¡no te preocupes! ¿Sabes qué pienso? Que cuando busqué al amor de mi vida, el buscador me llevo a un mito y a una leyenda. Tal vez, cuando ella me pidió ver las estrellas debí regalarle un telescopio para que viera las del firmamento, o cuando me pidió la tarjeta debí darle una tarjeta de San Valentín, en lugar de una tarjeta de crédito, o… cuando una vez habló del tiempo sin mí, debí regalarle un reloj, ¡¿qué se yo?! ¡No alcancé a entenderla! Pero, ¿quién entiende a las mujeres? ¡Los Príncipes azules no existen! O ¿sí? Pensándolo bien, me falta la pequeña suma de un billón de dólares para parecer uno..., y ¡uno muy cotizado! —continúa sonriendo, Andrés.

—¡Esa es la actitud, te felicito! —dice José Enrique palmeándole la espalda. A la niña le hará bien verte seguro y optimista. Y respecto a tu ex mujer, hay que desearle lo mejor, porque ella no dejará de ser la madre de tu hija. Recuerda que no existen ex hijos, ni ex padres.

—Por mí hija me pinto de alegría y me convierto en héroe, ella es mi inspiración. Respecto a ella, amigo, tengo la conciencia tranquila, le he brindado todo el apoyo que ha estado a mi alcance y le he ofrecido mi amor incondicional. Si he tenido errores, no han sido graves. Entiendo que no se debe obligar a la gente a permanecer al lado de alguien que no ama..., cuesta aceptarlo y cuesta reacomodarse a la vida de padre soltero, pero no tengo opción. Debo seguir adelante por mí hija, y creo que vamos bien. También debo reconocer que el apoyo de Ana para con Aleja, ha sido muy importante. La niña se identifica mucho con su Madrina, juntas hacen cosas propias de mujeres, y ese acompañamiento también ayuda a Ana a superar su ruptura.

—¡Tienes razón! Ana es una buena amiga. Merece ser feliz, merece un buen hombre a su lado, ¡ojalá le llegue! —exclama José Enrique.

A cinco cuadras de la Consultora Nuevo Siglo, se encuentra la sede del Banco Central, fácilmente visible desde las ventanas de las oficinas de José Enrique y Andrés. Este Banco tiene 28.000 metros cuadrados de construcción. Está levantado en dos secciones, A y B, ambas conectadas por el estacionamiento y por el acceso principal ubicado en planta baja. La sección A, ocupa propiamente el Banco y la Gerencia general de la Casa de la Moneda, consta de ocho pisos: tres de seguridad, tres de oficinas, uno para comedor, juntas y reuniones, y otro, para recepción; la sección B, comprende treinta pisos para uso financiero. En esta torre hacen presencia las principales entidades de ahorro y préstamo del país, casas de bolsa y empresas aseguradoras. En la parte posterior, se encuentra el acceso al área de estacionamiento y zona de carga y descarga, tiene cinco pisos subterráneos, área de escalera y ascensores que conducen a la antesala de ingreso por la puerta principal del Edificio.

Este Banco, como la mayoría de los Bancos centrales del mundo, está a cargo de la política monetaria y cambiaria del país, administra las reservas monetarias internacionales, regula y ejecuta operaciones en el mercado del oro, produce timbres fiscales, surte de billetes y monedas suficientes para el mercado nacional, desarrolla políticas para mantener el valor adquisitivo de la moneda, controla la liquidez del sistema financiero, y acopia los datos estadísticos en materia económica, monetaria, financiera, cambiaria, de precios y balanza de pagos. Estas funciones las cumple una Junta Directiva integrada por un Director Principal y los Subdirectores de Auditoria, Gerencia Operativa, y Administración; El Director Principal, administra las oficinas de Relaciones Internacionales, Planificación, Comunicaciones y Seguridad; la Subdirección de Auditoria, administra las oficinas de Auditoria Interna y Control Fiscal; la Subdirección de Gerencia Operativa, administra las oficinas de Operaciones Nacionales, Operaciones Internacionales y Casa de La Moneda; y, la Subdirección de Administración, administra las oficinas de Recursos Humanos, Gerencia General y Sub-Gerencias.

Desde hace 5 años, el cargo de Director Principal lo ocupa un funcionario que fue tesorero de la campaña presidencial del líder colorado; el cargo de Subdirector de Auditoria lo desempeña el yerno del líder colorado. Es técnico en administración, sin experiencia en el campo de las finanzas, ocupa además, el cargo de gerente de la oficina de operaciones internacionales, de director de uno de los bancos expropiados por su suegro y es Director de Negocios Internacionales del Ministerio de Finanzas; el cargo de Subdirector de Gerencia Operativa lo ejerce un militar retirado, cuya experiencia fue administrar los abastos militares del país; y el cargo de Subdirector de Administración está en manos de una hermana de Florinda Toro, la abogada del líder colorado y esposa del Canciller Icol Adur. Recientemente, ingresaron a las oficinas de seguridad y recursos humanos, un hermano de Florinda Toro y un joven sin experiencia profesional, pero conocido dirigente popular de la Capital.

Este día, le corresponde a Patricia asistir a esa sede. Pasa a la oficina de Operaciones Internacionales del Banco Central y solicita audiencia para hablar con su gerente, el yerno del Presidente. Le asignan una cita para el viernes próximo a las diez de la mañana, para lo cual deberá presentarse media hora antes de la pautada, en el tercer piso de la sección A. Patricia, desde que se casó con Ricardo, asumió la administración de la constructora de su esposo. Ella es la responsable de manejar los ingresos y egresos de la empresa, así como las cobranzas, cobranzas como la que debe gestionar en la oficina de Operaciones Internacionales del Banco Central. La constructora de su esposo, tiene una larga tradición en el ramo. Ha sido responsable de varias obras importantes a nivel nacional y de algunos proyectos residenciales privados. A razón ello, y de la tragedia de Güira, esta empresa fue convocada por el Ejecutivo para participar en el desarrollo de 250.000 unidades de vivienda social, no obstante, la constructora de Ricardo solo realizó 224.

Cuando su esposo concluyó la construcción de los apartamentos de interés social para los damnificados, el Estado le quedó debiendo el cincuenta por ciento del valor de esa obra. Desde entonces, ha sido un dolor de cabeza para Patricia lograr el pago de lo acordado. Después de muchas visitas y negociaciones con el Ministerio de Finanzas, logró que el monto adeudado le fuera entregado en Bonos de la República, los cuales generan intereses que el Banco Central no ha pagado desde hace 5 meses. El problema es que como esos bonos no gozan de confianza y los cotizan a menos del 70% de su precio nominal, ella se rehúsa a perder tanto dinero, y por ello insiste en que el Estado les pague.

Todo el estrés que le causa a Patricia sortear las dificultades para mantener a flote la constructora de su esposo, la motiva a pensar en dedicar una hora del día al gimnasio, pero para no ir sola, invita a Ana a sumarse a la iniciativa, de allí que programan ir juntas al Gimnasio *Body Perfect*, para consultar lo pertinente a la inscripción, horarios y actividades que pueden desarrollar. Para ellas, el acompañamiento mutuo es un estímulo para asistir todos los días, durante una hora, a las seis de la mañana, a un cuarto rodeado de hierros y con mucha gente que presume del físico.

Ya en el lugar, observan un edificio de dos pisos con paredes panorámicas que muestran los cuerpos esculturales de hombres y mujeres haciendo *spinning bikes*, aeróbicos, pesas, etc., en la recepción abordan a una dama en ropa deportiva, muy atractiva. Patricia saluda:

—¡Buenas tardes Señorita!

La recepcionista no levanta la mirada de su teléfono, y como las deja en espera, entonces Patricia insiste en un tono de voz más alto:

—¡Buenas tardes!

La dama sin descuidar su teléfono, responde:

—Espere un momento.

En eso, entran dos caballeros de cuerpo atlético. Parecen modelos de revista, saludan a la recepcionista y se instalan a conversar con ella, quien, sin soltar el móvil, hace una serie de comentarios a las últimas fotos que subieron a las redes sociales el fin de semana pasado. Corren los minutos y Ana pierde la paciencia:

—Señorita, mi amiga lleva rato intentando ser atendida, está aquí antes que estos señores, y usted irrespetuosamente los pasa adelante sin considerar que llegamos antes.

La recepcionista, muy mal educada, responde:

—Le dije que esperara, si tiene afán vuelva otro día.

Los caballeros observan la escena como si Ana y Patricia vinieran de otro mundo, un mundo muy distante al glamour, la belleza, el estilo, el *fitness*, y de *social media*. Uno de ellos, hace una mueca que refleja desprecio por Ana y Patricia. Entonces, Ana le pregunta:

—¿Le debo algo Señor? ¡Qué falta de respeto la suya!

Los caballeros ignoran el comentario, se despiden de la recepcionista y pasan al salón de máquinas para su rutina de ejercicios. Ahora la recepcionista posa la mirada en Patricia:

—Bueno, dígame Señora ¿qué quiere?

Antes de que Patricia responda, Ana interviene:

—Es usted muy mal educada. No entiendo cómo contratan de recepcionista a una persona tan insoportable. Le recomiendo un curso de relaciones públicas.

La recepcionista le contesta:

—¡Mal educada es usted, no le tolero que venga a decirme cómo debo hacer mi trabajo!, ¡qué puede decirme a mí cuando no deja hablar a su amiga...!

Patricia interviene para calmar la discusión:

—Señorita, nuestra intención es inscribirnos en el gimnasio, pero lamentablemente no hemos recibido la atención debida, por eso el reclamo.

La recepcionista negada a rectificar su posición, les dice:

—A ver si nos entendemos ¿ustedes quieren endurecer, reducir o tonificar? Pero ¡qué estoy diciendo! ¡Perdón! No creo que entiendan de qué les estoy hablando…, este no es lugar para gente tóxica como ustedes, ¡vayan al psicólogo!

Patricia le dice:

—¡Tiene razón! No es lugar para nosotras, aquí se reduce la inteligencia, se endurece el alma y se tonifica la estupidez, pero… ¡Perdón! No creo que entiendas de qué te estoy hablando ¡*bye*!

Comienza a llover fuerte, el tráfico se hace complicado, se tapan las alcantarillas, se desbordan las aguas negras, todo es un caos. Al llegar a casa, Ana toma una ducha caliente y se va directo a la cama, suspira profundamente cuando su hermano Alex pasa a saludarla:

—Hola hermanita, te ves exhausta. El primer día de gimnasio siempre es fuerte…

—Pues sí, me duele todo —agrega Ana.

—Ah, ¿sí?, ¿qué hiciste en el gimnasio? —pregunta Alex

—Solo fui a preguntar cuánto costaba la inscripción…

Alex suelta una carcajada, y agrega:

—Hermanita, ¡el gimnasio no es para ti!

—Qué extraña casualidad, contigo son dos las personas que me han dicho lo mismo, hoy —apuntó Ana y se quedó dormida.

¡Hoy será un lindo día! Decretó Ana. Camino a la Universidad, se detiene en la tienda de periódicos y revistas, se compra el periódico y unos *snacks* para el *break*, luego sigue directo al Edificio D de la Universidad. En el trayecto recibe el ejemplar del día de *Notas Altas*. Percibe algo extraño en el ambiente, hay mucho movimiento de estudiantes agrupándose en el patio central, llevan pinturas en *spray*, cartulinas y telas. Pese a esto, Ana prosigue con su café al salón de profesores. Está desolado, «algo raro debe estar ocurriendo» —piensa—, porque a juzgar por la hora, debería estar lleno de docentes entrando y saliendo a preparar o dar la clase. Chequea el periódico, la primera plana del diario *News Capital* dice: «Cae el terrorista más buscado del mundo. Cae el líder del movimiento extremista AQ». Una foto de amplia dimensión ocupa la primera plana, en la que se ve un cuerpo cubierto presuntamente abatido; las siguientes páginas, están dedicadas a un recuento histórico de los sucesos del 11 de septiembre, además de las primeras impresiones de varios líderes políticos mundiales tras la caída de aquel terrorista.

Por su parte, el periódico estudiantil titula en letras grandes «Atentado a la academia. Detienen ilegalmente al Profesor Manuel Cesares». Ana se agarra la cabeza, exclamando ¡por Dios! Continúa leyendo: «En horas de la mañana del día de ayer, el Profesor Manuel Cesares cuando salía de su casa, fue interceptado por funcionarios que se identificaron como miembros de la policía política del gobierno, se lo llevaron sin orden judicial a destino desconocido. Su esposa y sus hijos fueron de inmediato a la sede de ese organismo, donde negaron la detención del Profesor; sin embargo, han pasado veinte horas desde que se lo llevaron y no se tiene noticias de él. Los familiares imploran a las autoridades les informen del lugar de detención y los motivos de la misma, ya que él goza de buena imagen, prestigio profesional y no ha cometido ningún delito». Ana vuelve a exclamar ¡Dios! «No lo puedo creer, ese señor es una institución para la Academia, ¿cómo puede ser posible que se lo lleven de esa forma? No se debe permitir que lo desaparezcan como a tantos otros».

En el ambiente, se escuchan morteros explosivos y los gritos de los estudiantes con las consignas: «LIBERTAD, LIBERTAD, LIBERTAD» «LA ACADEMIA SE RESPETA» «LIBERTAD A CESARES» «LA UNIVERSIDAD DEFIENDE A SU PROFESOR» «ARRIBA CESARES ABAJO EL RÉGIMEN»; se siente el olor a caucho quemado, una capa de humo negro inunda las inmediaciones de la Universidad. ¡Es hora de salir rápidamente! Estos signos, son el preludio de una guerra desigual entre estudiantes y policías, con piedras y perdigones, que muchas veces alcanza dimensiones sangrientas y lamentables.

Ana va directo a la sede de la policía política, pero antes solicitó a varios profesores presentarse en ese organismo para ejercer presión y lograr la liberación de Cesares. Del mismo modo, llamó a Mario para pedirle ayuda. En el organismo de seguridad política, le negaron información sobre el

Profesor. Ningún policía se conduele de la angustia de la familia Cesares. Al cabo de una hora, Mario le comenta telefónicamente a Ana:

—El Profesor está siendo acusado por vilipendio contra el Presidente de la República y otros altos funcionarios de gobierno. Está en un fuerte militar a las órdenes del líder colorado. Por lo que conozco de esta gente, no lo van a soltar fácilmente. Te pido encarecidamente, mantener en absoluta reserva la fuente de esta información, tú sabes que pueden tomar represalias.

Luego de aquella conversación telefónica, las manifestaciones públicas en rechazo a la detención arbitraria del Profesor Manuel Cesares se extienden en gran parte de la Capital, se cuentan algunos heridos de perdigón y daños a mobiliario urbano, además, las avenidas principales continúan cerradas, lo que genera gran colapso en las vías. Asimismo, comienzan a darse manifestaciones desde otras universidades del país. Después de tres días de su detención ilegal, liberan al Profesor bajo la condición de presentación periódica al Tribunal, una vez por mes durante un año, más la restricción de emitir opiniones relacionadas con el caso de vilipendio al Presidente. A su salida del Tribunal y al ser consultado por los periodistas, el Profesor se limitó a decir: «Aquí está la emboscada».

Es viernes, los titulares de los periódicos reseñan la liberación del Profesor Manuel Cesares, también anuncian la llegada a las bóvedas del Banco Central, del oro repatriado, por lo que el ejecutivo ha preparado una efusiva caravana de acompañamiento a los camiones blindados que traen el oro desde el aeropuerto Internacional, a la Capital. Los medios de comunicación están atentos a dichos actos. Casualmente, desde las nueve de la mañana Patricia está en la antesala de la oficina de Operaciones Internacionales del Banco Central. Ya pasó la hora de su cita y el Gerente no llega, la secretaria le informa que espere un poco más. Mientras tanto, solicita el baño de damas, la secretaria le indica que debe salir de la oficina y dirigirse al pasillo central del piso 3, en dirección a las escaleras o salida de emergencia, justo antes se encuentran los sanitarios.

Estando en el cubículo del sanitario, Patricia escucha a unos hombres entrar, uno de ellos le ordena al otro: «Coloca el letrero de temporalmente cerrado». Ella presume que son del personal de limpieza, intenta salir antes de que toquen a su puerta, pero por precaución, la entreabre lentamente, y por una pequeña abertura observa a dos hombres sacando del secador de manos y del depósito de papel, piezas metálicas que, como partes de un rompecabezas, las ensamblan y convierten rápidamente en armas de fuego cortas, luego se cambian el uniforme de mantenimiento por otro uniforme. Entonces, escucha cuando dicen: «¡Es hora!, los demás deben estar en posición, ¡vamos!», y se retiran del baño. Patricia aterrada, no sabe si salir o quedarse, puede que estén en los pasillos en un asalto, intenta llamar, pero la señal móvil no está disponible.

Escucha gritos de pánico, trata de escapar por las escaleras de emergencia, pero al llegar al piso 2 detecta que están agrupando a los empleados y dirigiéndolos hacia la escalera de emergencia. Continúa bajando en un intento por llegar a la salida, extrañamente lo que debe ser el piso 1 no tiene acceso, lo que debe ser la planta baja tampoco. Está confundida y angustiada, baja un piso más y la puerta de acceso está cerrada, sigue bajando y entra al piso, pero este no corresponde a la planta principal de acceso al Edificio, parece más bien, un depósito de documentos..., ve a lo lejos personas moviendo rápidamente los archivos móviles. Se devuelve a las escaleras, continúa bajando, la siguiente puerta está cerrada, y más abajo se escucha movimiento de personas. El terror se apodera de ella, regresa al piso de archivo, decide esconderse entre el mobiliario y esperar a que la situación se calme.

De momento, ninguna alarma se ha activado, Patricia alcanza a percibir que hay varios hombres al final del pasillo trabajando sobre la pared, entre ellos comentan:

—Solo tenemos diez minutos para desmontar la primera placa, esto debe ocurrir antes de que se active el sistema de alarma auxiliar. Ese sistema arranca cierto tiempo después del bloqueo al principal, al cumplirse los diez minutos paramos. Esperamos la señal por radio del No. 6 cuando desactive el sistema auxiliar, y detonamos el explosivo. Si la carga es suficiente, lograremos entrar por un costado de la bóveda 2.

En efecto, un asalto está en pleno desarrollo y Patricia está dentro como testigo de excepción.

Ricardo lleva una hora tratando de establecer contacto con ella; su teléfono aparece fuera de servicio. Llama a la casa y allí le informan:

—«No ha llegado, tampoco ha llamado, pero en televisión están dando la noticia de un asalto al Banco Central, dicen que tienen rehenes».

Esto lo preocupa, y temiendo que Patricia esté en problemas, se desvía en dirección a la Avenida donde está ubicado el Banco Central, enciende la radio, el informativo señala que:

—«Los asaltantes entraron a las 10 de la mañana como visitantes al piso 3 de las oficinas. Se presume que actúan en complicidad con personal de la institución, porque tienen controlado el sistema de seguridad, y porque las armas no pasaron por el detector de metales de la puerta principal. Hasta el momento no hay contacto con los asaltantes, tampoco hay información de los rehenes, la policía política está al frente de la operación de rescate. Prevalece una tensa calma a las afueras del Edificio. Igualmente, destacamos que el Director Principal decidió, por razones de seguridad, detener la caravana con los camiones blindados que venían con el oro para el Banco Central. En consecuencia, el oro será reubicado. Tenemos que despedir este avance informativo, volveremos en cuanto surja la noticia».

El paso hacia el Edificio del Banco, está cerrado cinco cuadras a la redonda. Ricardo deja el carro en el estacionamiento de la oficina de la Consultora Nuevo Siglo, va caminando hacia el lugar de los acontecimientos, pero solo puede aproximarse a dos cuadras, desde allí visualiza el movimiento de uniformados de negro, fuertemente armados y varias patrullas apostadas al frente del Edificio, todo parece muy calmado. A juzgar por la gravedad del pretendido asalto al Banco Central, insiste en comunicarse telefónicamente con Patricia, pero es imposible conectar la llamada. En la ventana de la oficina de José Enrique se puede ver parte de aquel Edificio, el único movimiento es gente de negro en los alrededores y un helicóptero sobrevolando el lugar; por otro lado, en la televisión le dan a este hecho una connotación de alta peligrosidad, destacan que los delincuentes son individuos solicitados por asalto a camiones blindados del transporte de valores.

Patricia, escondida entre los archivos, trata de protegerse del impacto del explosivo, en once segundos detonará la bomba en la pared, entonces escribe un mensaje en el teléfono a su esposo:

—Quedé atrapada en un piso que conecta a la bóveda 2, son 3 hombres, parece gente del mismo Banco, van a explotar una pared, ¡no sé si salga viva, cuida a mis hijos, los amo!

Cuenta mentalmente 4, 3, 2, el impacto expulsa parte del mobiliario y lanza papeles por todo el salón, hasta dejar envuelta a Patricia entre carpetas y libros... ¡Está bien, aunque un poco aturdida! Segundos después, los asaltantes entran por el boquete a la bóveda, le siguen minutos de silencio, salen murmurando, uno se retira gritando:

—«¡Nos engañaron, es una trampa, me voy, esto no está bien!».

Otro se niega a creer lo que dice su compañero, entonces llama por radio:

—«¡Atención número 4, error en bóveda, aquí encontramos bultos de harina y azúcar, nada de joyas ni papeles verdes, cambio!» «Número 3, permanezca en sitio, espere instrucciones, fuera».

Los hombres van de un lado a otro, vociferan maldiciones. De repente, llegan otros hombres, les invitan a verificar, pero al voltearse los primeros, los últimos en llegar, los ejecutan a tiros por la espalda. Patricia está escandalizada y rogando que no la detecten entre los escombros. Los asesinos dicen:

—«Hay que mover los cuerpos hasta la entrada, el gerente no quiere a los medios en este lugar, solo podrán tomar fotos en el *lobby*, faltan los números 2, 7 y 8, todo sigue según el plan. Ya deben estar saliendo, sobre ellos pesará la responsabilidad por el robo de oro y millones de verdes, en su momento serán silenciados».

Patricia está confundida, se pregunta ¿Qué clase de robo es este? ¿Por qué los mataron? ¿Qué clase de Banco Central guarda en sus bóvedas harina y azúcar? ¿Por qué están maquillando la escena del crimen? ¿Qué hacer para salir de allí?

Se dice a sí misma:

—¡Piensa, piensa, piensa!, no creo que regresen, no creo que vengan por harina o azúcar. Dijeron que van a colocar los cuerpos en el *lobby*, o sea, van a maquillar la escena en la puerta principal, allá estarán. Si me quedo aquí, sospecharán de mí, mejor me devuelvo al piso 3.

Mientras tanto, los noticieros advierten que la policía política les ordenó retirarse del lugar por razones de seguridad, y el organismo que controla las telecomunicaciones les ordenó transmitir en tiempo diferido lo que ocurre en el Banco.

Pasadas las doce del mediodía, José Enrique ve salir una ambulancia por el costado de carga y descarga, presume que hay heridos en ese hecho, por lo que le preocupa más la integridad de su amiga Patricia. Ricardo sigue sin saber nada, la policía que acordona el área no da información. José Enrique, detalla en la azotea de otros edificios contiguos al Banco, a tres hombres sin uniforme, encapuchados con armas, que apuntan al cielo y comienzan a realizar disparos al aire, y se pregunta si serán parte de los delincuentes o parte de los organismos de seguridad ¡Es extraño! —se dice—. Seguidamente, se dan otros disparos que generan confusión.

Patricia logra entrar nuevamente al piso 3, algunos empleados están encerrados en una de las oficinas, prefiere volver al baño y fingir estar maniatada, busca en el cuarto de lavado alguna cosa para amarrar sus pies y manos. Esperará el momento adecuado para comenzar a pedir auxilio, de manera que pueda salir sin despertar sospecha en los delincuentes. Pasa el tiempo y no se escucha nada. Se activa la alarma contraincendios, y se disparan los extintores automáticos, entonces Patricia comienza a gritar:

—¡Auxilio, auxilio, sáquenme de aquí, alguien que me escuche, auxilio!

También gritan las otras personas:

—¡Auxilio, que alguien nos ayude, auxilio!

En planta baja, a los supuestos rehenes los tienen encerrados en los baños, en el *lobby* yacen los cuerpos de cinco hombres uniformados de color negro con azul y guantes negros numerados, en los que se encuentran el 1, 3, 4, 5 y 6. A los medios se les permite tomar fotos a varios metros de distancia, lejos del área acordonada. El *lobby* está destrozado, y varias comisiones de funcionarios están ubicadas en cada piso para liberar a los rehenes. Patricia es la primera del piso en ser rescatada, el funcionario la acosa con preguntas:

—¿Se encuentra bien? ¿Hay alguien más aquí? ¿Puede identificar a los asaltantes? ¿Puede rendir declaración?

Son tantas preguntas, que ella, abrumada, se pone a llorar y entre lágrimas responde:

—Los sujetos estaban encapuchados, amenazaron con matarme si salía de aquí. Luego escuché gritos de otras personas, se calmaron, pasó mucho tiempo de silencio, hasta que se activó la alarma contraincendios, me dio temor morir quemada, pedí ayuda, ¿qué fue lo que ocurrió?

El funcionario la lleva con las demás personas, a quienes están tomándole declaración y datos para posteriores interrogatorios. Se toman varias horas en ese procedimiento, por ello no dejan salir a nadie. Patricia logra liberarse a las 4:34 de la tarde, y se va caminando en busca de la oficina de José Enrique y Andrés. En el camino se encuentra a su esposo, se abrazan fuertemente por largos minutos, Ricardo le expresa:

—Amor, ¡qué angustia tan grande, gracias a Dios estás de vuelta! Mi amor, me aterra la idea de perderte ¿Estás bien? ¿Quieres algo?

—Deseo ir a casa. Esto ha sido una pesadilla. Quiero abrazar a mis hijos, tomar un baño y tratar de descansar, me siento agotada —solicitó.

En la noche, los medios de comunicación transmiten: «Fueron abatidos cinco asaltantes del Banco, pero tres lograron escapar, huyeron supuestamente, antes de que las autoridades tomaran el Edificio. Según la revisión preliminar, los delincuentes lograron marcharse con varios kilogramos de oro y divisas, esto lo hicieron a bordo de un camión de servicios del mismo Banco; las autoridades están tras su rastro»; igualmente, el Jefe de la policía agregó: «Afortunadamente no hubo heridos, las bajas son de los mismos delincuentes, cuyos cuerpos fueron levantados por el equipo forense y llevados por la furgoneta policial a la morgue».

En otro tanto, a cuenta de la decisión del Director Principal de desviar el oro repatriado, Radio Tv recibe una llamada anónima desde el aeropuerto Internacional. En tal llamada, la persona niega su identidad y denuncia que: «el oro nunca subió a los camiones blindados que iban en caravana a la Capital, porque lo transbordaron de un avión a otro, aproximadamente a las 11 de la noche del día de ayer, el oro se lo llevaron a destino desconocido. Los camiones que mandó a desviar el Director, estaban vacíos». Señala el periodista que: «esta información no está confirmada, para verificar su autenticidad se ha intentado obtener detalles de la autoridad aeronáutica, pero no responden, por tanto, hacemos públicamente el llamado a las autoridades competentes para que aclaren esta denuncia».

Todo lo anterior empaña de dudas el asalto al Banco Central, especialmente cuando este no ha sido responsable en la publicación de los balances de activos y pasivos de la República; nunca informó la cantidad de toneladas repatriadas, y solo se ha limitado a presentar un show con la última entrega, en un día en que casualmente, a unos delincuentes se les ocurre asaltar el Banco, lo que convenientemente justifica el no ingreso de la última entrega de oro a las bóvedas del Banco. Tal vez pase mucho tiempo sin que la población sepa el balance de lo robado por los supuestos delincuentes que se dieron a la fuga. De momento, los únicos números son, cinco personas muertas identificadas con los números 1, 3, 4, 5 y 6, de los cuales, se sospecha, tres eran empleados del Banco.

Al día siguiente, Patricia le cuenta a su esposo los pormenores de su experiencia en el Banco, no sin antes pedirle que jurara no comentar nada a nadie, porque pondría en peligro su vida y la de su familia, Ricardo le presta atención:

—El asalto fue una cortina de humo. Los asaltantes entraron en la bóveda y allí no encontraron nada, todo paso muy rápido. Uno de los hombres dijo que fue una trampa y huyó, los que se quedaron esperando instrucciones, fueron asesinados en la entrada del boquete por otros sujetos que se suponía eran sus compañeros; luego, los movieron al *lobby* y maquillaron todo. Tal vez el robo ocurrió en el aeropuerto Internacional a media noche; tal vez el robo ocurrió meses atrás, a manos de delincuentes de cuello blanco y esto les tapa la responsabilidad; tal vez fue una trampa para ejecutar a esas personas; tal vez nunca sepamos la verdad. Lo que es cierto, es que el gerente de la oficina de Operaciones Internacionales nunca llegó a la cita, no respondió las llamadas de su secretaria. ¡El gobierno nos robó el dinero de nuestro trabajo!, ¡no van a pagar y no quiero regresar a ese lugar!

Su esposo no sale del asombro y exclama:

—¡Son unos bandidos! Llevamos años soportando infinidad de ataques. Por mucho amor a la patria, no veo buenas perspectivas de crecimiento aquí, uno pasa de un susto a otro: cuando no es una expropiación, es una fiscalización del ente recaudador de impuestos; cuando no es eso, son los sindicatos que quieren apropiarse de la empresa; cuando no es eso, entonces son controles de precios que ponen a perder al productor; cuando no es eso, es la delincuencia común, y si no, es la delincuencia de cuello blanco. ¡Qué horror!

Luego, como también lleva meses sobrecargado de molestias y angustias, rompe a llorar y entre lágrimas manifiesta:

—¡Estuviste en grave peligro y no es justo! Tú sabes lo mucho que me duele abandonar este país y todo lo que hemos construido. La empresa es un patrimonio familiar ganado con honestidad y el esfuerzo de varias décadas. Pero, no podemos esperar que maten a alguno de los miembros de nuestra familia para reaccionar..., primero está la familia ¡Preparémonos para empezar una nueva vida fuera de este país!

Apenas termina de hablar Ricardo y un extra noticioso transmite en vivo la visita de funcionarios estatales para notificar de una medida administrativa que impide al canal, presentar noticias relacionadas con el asalto al Banco. Según señalan: «por razones de seguridad nacional no debe ventilarse públicamente el tema». Cuenta la periodista, que «con esta notificación suman once procedimientos administrativos sancionatorios abiertos contra este canal, en todos se coarta la libertad de expresión». A esa misma hora, los demás canales de radio y televisión están siendo notificados de la misma medida.

Como dice Ricardo, aquí se pasa de un sobresalto a otro sin parpadear, pero no es el único en sentir impotencia ante la crisis socio-política que consume a la Nación. Para la madre de Gina Vulton la semana ha sido difícil, siente con amargura la impotencia de no encontrar a su hija, de no recibir apoyo de las autoridades, y observar el deterioro físico de Gina en la foto que publicó Radio Tv. Está tan confundida con lo que dicen los medios y lo que dice la policía, que cree estar a punto de colapsar mental y emocionalmente. Los medios aseguran que la dama de la foto es Gina, pero la policía dice que no, que no es ella, y que, por la cantidad de tiempo que ha pasado secuestrada, probablemente esté muerta.

A pesar de los años que la joven lleva en cautiverio, la madre no pierde la esperanza de volverla a ver. No obstante, tantos obstáculos y tramas alrededor del caso de su hija la hacen dudar, no sabe en quién creer, no sabe quién le dice la verdad; en unos, ve el interés económico que trae noticias sensacionalistas; en otros, el desinterés por un caso que no les da ningún beneficio; sospecha de mucha gente, incluso de su esposo, que poco a poco se ha ido desprendiendo de la búsqueda de su hija, se siente sola y desorientada. Entonces acude a la Iglesia, a la misma hora —como de costumbre— para escuchar la palabra de Dios: «*Lectura de Juan 14, 1-6: No se angustien ustedes. Crean en Dios y crean también en mí. En la casa de mi Padre hay muchos lugares donde vivir; si no fuera así, yo no les hubiera dicho que voy a prepararles un lugar. Y después de irme y de prepararles un lugar, vendré otra vez para llevarlos conmigo, para que ustedes estén en el mismo lugar en donde yo voy a estar. Ustedes saben el camino que lleva a donde yo voy. Tomás le dijo a Jesús: —Señor, no sabemos a dónde vas, ¿cómo vamos a saber el camino? Jesús le contestó: —Yo soy el camino, la verdad y la vida. Solamente por mí se puede llegar al Padre*».

El sacerdote Joseph comenta:

—Queridos hermanos, la lectura anuncia la proximidad de las horas más dolorosas que vivió Jesús. Él ante la inminente condena, se anticipó y animó a sus hermanos, sabía que su crucifixión los afectaría, los motivó a seguir adelante, porque les enseñó la palabra de Dios. Aunque sus discípulos estuvieron confundidos y tristes por la partida de Jesús, entendieron que su sacrificio era para el perdón de nuestros pecados, era para facilitar la reconciliación de Dios con el hombre. Seguramente, como sus discípulos, cada uno de nosotros está propenso a vivir momentos de confusión y tristeza. En esos momentos, debemos pensar en el sacrificio de Jesús, que dio su vida por una noble causa, ¡nuestra salvación! Ofrezcamos nuestras penas, nuestras angustias por la salvación de nuestros seres queridos, recordemos que Jesús, es el camino, la verdad y la vida.

Al terminar la misa, como suele hacer desde que su hija desapareció, la madre de Gina se dirige hasta la capilla central, enciende una vela, se arrodilla ante el altar para orar por ella, inclina su cabeza, junta sus manos y en silencio conversa con Dios. De pronto, la voz de un niño la sobresalta:

—¿Es usted la Señora Vulton?

Abre los ojos, se queda pasmada por un momento, le responde:

—Sí...

—Tenga, es de su hija. —El niño le entrega un papel doblado.

Tan pronto la señora recibe el papel, el niño sale corriendo. Intenta alcanzarlo, pero no puede, se ha perdido rápidamente entre la gente. Los nervios la asaltan, se sienta en la parada de bus, desdobla la hoja, en ella hay un manuscrito de puño y letra de su hija para expresarle:

«Día 2810. Nani mía. Aún vivo. Cuento uno a uno los días fuera de tu protección. Debes ser fuerte, quiero volver, no sé cuándo, no sé cómo, pero volveré, solo pido que no sea demasiado tarde, no quise causarte lágrimas..., perdóname por no escuchar cuando me decías que tuviera cuidado con la gente que me rodeaba. Mami, mi vida tomó un rumbo indeseado, inmerecido y doloroso, me robaron muchas cosas, las comodidades, la tranquilidad, mi futuro, el tiempo con mi familia, parte de mi juventud, mí belleza, el amor... Nani mía, mis días son inseguros, mis noches son penumbras a la intemperie, todo es ajeno, es miseria, es maldad, todo es tan diferente a lo que era mi mundo cuando estabas tú, ¡te extraño!, ¡no pierdas la fe madre querida!, mientras viva hay esperanza, pero si muero antes de que podamos reencontrarnos, quiero que sepas que te amo, que todos los días te pienso, que cada noche sueño estar en tus brazos, bajo tu protección. Sé que los milagros existen, como el ángel que hizo posible que estés leyendo esta carta. ¡Volveré! Te llevo en mi alma Nani mía. Tu hija Gina».

Continuará...